私がオバさんになったよ

ジェーン・スー

幻冬舎文庫

私がオバさんになったよ

ジェーン・スー

まえがき

雑誌やウェブサイトに掲載される対談というものは、たいてい編集部が先にテーマを決めている。そして、喋れそうな人に声がかかる。編集会議で「30代女性の生き方についての対談を組もう」と決まったあと、ならば誰々と誰々に話を聞こう、という具合に。そうやってお声をかけていただき、私も数々の方と膝を突き合わせた。チャンスがなければお会いできなかった方ばかりだ。

話しているうちに、設定されたテーマ以外のあれこれを尋ねてみたくなったことが何度もあった。用意される時間はたいてい一時間から一時間半と相場が決まっているし、テーマ以外の話をしても掲載はされない。存分に聞けた、伝えられたと実感することもあったが、消化不良のまま帰ってくることも多かった。盛り上がった時ほどそう感じた。

この本は「小説幻冬」に掲載された対談連載をまとめたものだ。連載のタイトルは「もういちど話したかった」。私の気持ちそのままを題名にしてもらい、過去に対談したことのあるお相手に声をかけた。依頼した理由はお伝えするが、テーマは特に設けない。つらつらと近況報告から始め、それがどこに流れていくかを楽しむ贅沢な時間。最後に収録した能町みね子さんだけは例外で、じっくり話をしてみたかったのに今まで機会がなかったので、思い切って声をかけた。能町さんをはじめ、ご快諾いただいた皆さんには感謝の気持ちでいっぱいだ。

書籍化にあたりゲラを読んでいて、随所に蛍光ペンを引きたくなったのはこれが初めてだった。腹に落ちる言葉がページを繰るたびに現れて、かなり興奮した。自著をおおっぴらに宣伝するのにはどうしたって照れが混じるものだが、これがかりは声を大にして「めちゃめちゃ面白いので読んでください!」と言える。あなたがこのページを読んでいるのはその思いが届いた証なので、私は嬉しくて仕方がない。心からお礼を申し上げます。ありがとう。

タイトルづけでは悩みに悩んだ。担当編集者は自著『貴様いつまで女子でいるつもりだ問題』と同じ幻冬舎(当時)の大島加奈子さん。『貴様いつまで……』は当時やっていたブログの投稿タイトルのひとつで、書籍化の依頼があってすぐ、大島さんから「書籍名はこれでいきたい」と言われた。ならば、とタイトルにし、おかげさまでたくさんの方に読んでいただくことができた。

あれから何冊か本を出す機会に恵まれ、改めて、本のタイトルは犬笛のようなものだと思う。届いてほしい人にしか聞こえない周波数のようなものがあるのだ。

そこにうまくチューニングできれば、読み手をがっかりさせることも少なくできると信じている。

『私がオバさんになったよ』と言われると、少しだけ心がざわつく人に届いてほしい。そのざわつきは、読後いくばくか解消されていると自信を持ってお約束できる。たったひとつの正解しかなかった親の世代とは異なる私たちが、これから先、楽しく暮らしていく手がかりが、この本にはちりばめられているから。

人生、折り返してからの方が楽しいかもしれない。

もくじ

光浦靖子

1971年愛知県生まれ。幼なじみの大久保佳代子と結成したオアシズでデビュー。バラエティ番組、ラジオ等に出演するほか、コラム執筆などでも多彩に活躍。著書に『50歳になりまして』『私が作って私がときめく自家発電ブローチ集』などがある。

今20代の体力あったら天下とれる

ジェーン　今日はお仕事だったんですか？
光　浦　収録でした。これといった気の利いたコメントもできず、ずっと座ってモニター見てるだけで……。逆に疲れました。
ジェーン　結構吸い取られませんか？
光　浦　吸い取られる。
ジェーン　すごい疲れますよね。
光　浦　どんどん疲れていくな。
ジェーン　私はテレビ出演がうまく楽しめないんですよ。本の宣伝をしてもらえる番組以外はあまり出ないようになりました。終わったあとは他の仕事にならずで。あれなんなんでしょうね。見られるってことなんですかね。
光　浦　見られるって不利なんだよね。
ジェーン　たしかに、見る側とイーブンではないですね。攻撃を受ける側になるというか。
光　浦　被害者というかね。加害と被害に近いものが。
ジェーン　でも光浦さんは、もう二十年くらいですか？　この世界で。

光浦　二十数年です。

ジェーン　慣れました？

光浦　だいぶ慣れてきました。メンタル面では昔よりひりひりせずに楽しめるようになりました。今は体力的肉体的疲労。

ジェーン　すっごくわかります。よくできてますよね。40過ぎたら徹夜ができなくなるじゃないですか。

光浦　昨日もちょっと朝まで飲んだら今日はつらいつらい。でも飲んでる時はめっちゃ楽しくて、永遠に続けたいって思っちゃって。

ジェーン　その時は20代なんですよね、気持ちは。わかります。

光浦　起きたら廃人。

ジェーン　そうそう。体が言うことを聞かないってこういうことか！　と思うようになりましたね。30代までは無茶が利いたし、あとは「なにくそ！」と思えばやれたけど。40代になって驚いたのは、気持ちより先に目が閉店しちゃうこと。物理的に見えなくなるとか、そういうことが起きるようになりました。20代は自我との闘いで疲れ果てる。体力は有り余っているのに、効率がすごく悪い。30代で少しバランスがとれてきて、40代でメンタル面がだいぶ整って、デフラグが全部終わって効率よく動けるようになるかと思いきや、今度は体が動かない。

光浦　今20代の体力あったら天下とれる（笑）。

ジェーン　ほんとに。それには全業種の人がうなずくでしょうね。

光浦　ここは自分に期待する必要ないとかね。その辺の自分のサイズがだいぶわかってきたのに。

ジェーン　なんなんでしょうね、これは。いやぁ、だからうまくできてるなぁと思って。

光浦　ねー。でもかといって、健康オタクみたいに健康に執着すると、それがストレスになりそうで。それでだらしない生活をして。

ジェーン　何様だって話ですけど、最近はスティーブ・ジョブズとかザッカーバーグの気持ちがわかるようになりました。ああいう人たちが毎日同じ格好をしてるのは、決断の数を減らすためだっていうじゃないですか。そんなもんかーと思ってたんですけど、私も毎日同じお昼を食べるようにしたらすごく楽になって。昼になにを食べようと考えるのが、結構なストレスだったんです。それで毎日マックのポテトとナゲット。健康的にはダメだけど。

光浦　飽きないですか？

ジェーン　なにを食べるか毎日決めることの方が、負荷でした。ババア疲れてきたねって自分のことを思います。決断って大変。

ジェーン　女の人は朝から洋服選んじゃうしね。

光浦　着るものも、無地の服にブローチをつけるスタイルにして。尾木ママだってみんなから言われます。

ジェーン　老いだ。

光浦　50代どうなるんですかね。

ジェーン　私は南国に一回住もうと思ってて。

光浦　どの辺ですか。

ジェーン　石垣島。30代の頃から将来は沖縄に住みたいって、ずっとあったので。夢を叶えてみて、すごく疲れるならば逃げ出せばいいし。すっごく自分に合ってるんだったら、そのまま半移住じゃないけど。やりたいし。

光浦　どのタイミングで今の自分にOKを出すというか、ここまでよしとするか、難しくないですか。

ジェーン　とりあえず50歳。

「私ブスなんて」が笑いだった頃

ジェーン　光浦さんと以前お会いしたのは、お互い本を出したタイミングでした。光浦さんが言うところの「職業ブス」という話をもっと聞きたいとかねがね思ってたんです。

光浦　ビジネスブスね。

ジェーン　あくまで役としてブスをやるっていうことですよね。

光浦　昔は、というか90年代くらいのお笑いの世界で女子がやるって、職業ブス、ビジネスブスみたいな仕事があったんですよ。コントでも美人とブスの二人組とか、わかりやすいものが多くて。「私ブスなんで。はい、全然平気ですよ」なんて言う人は当時いなくて、外見も中身もただブスに徹する。だから珍しくてみんな笑ったんだよね。今は自己否定が強いというか、謙遜してじゃなく、本気で「私ブスですから」って言う人が増えて。なんつーのか、簡単な構図じゃなくなっちゃったんです。「まあまあ、負け犬の遠吠えだから」って許されてた女の笑いの、弱者であるから強い人に噛み付いていいんだよ、てことが、なんか複雑で難しくなってきました。

ジェーン　女の芸人は弱者であることが前提というのはいつ頃まででしょうか、体感として。

光浦　2000年はわりと境目かもしれない。バブル弾けてもなんやかんやと変わってなくて構図がわかりやすかった気がします。

ジェーン　今はいろんな「かわいい」がありますもんね。万人に好かれる基準が一個じゃなくなってきたってことかもしれない。「かわいくてやせてて若い」で一セット、それがすべてみたいなことではなくなってきてるのかな。

光浦　そうすると、容姿をいじることが減ってきた？

ジェーン　減った。あと男の芸人もいじらなくなった。叩かれるから、今。当事者としては、見てる側としては少しずつ楽になってるんですけど、なかにいる人としてはどうなんですか。

光浦　安い笑いはもうとらせてもらえないです。

ジェーン　安い笑い！　パッととれる笑い。

光浦　「おいブス、お前じゃねーよ」って。今は「おいブス」的なツッコミをすると「ひどい」「かわいそう」という意見が多く、ツッコミにも「ブス」という単語は使いにくくなってしまって。

ジェーン　男性芸人のルックスへのディスとかはなかなかで見てて減りました？

光浦　男ははげネタとかまだ使っていいみたいです。(2016年対談時)
ジェーン　ダブルスタンダードだ。そっちの方が不健全だなと思う。
光浦　よくわからなくなってきちゃった。
ジェーン　「ブス」というワードや存在が?
光浦　「ダメだ」と言う人もいれば、世間には私のことを汚物のように扱う人たちもまだいるわけで。例えばネットでは「光浦みたいな顔のくせに。喋んな!」とか「髪切って光浦みたいになった。死にたい」とか。本当の汚物は出られないという微妙な。一般人に比べたら、清潔感あるし、全然きれいなんだけどね(笑)。
ジェーン　そうそう、テレビのなかにいる人はそうですよね。
光浦　だって日本で一番きれいな人の横にいるんだもんね。
ジェーン　たしかに。
光浦　まず、妬み、僻《ひが》み、隠さねばいけない心の内をさらけ出した女芸人が、妬みでかわいい子に絡む、という笑いが流行っていって。多分それまでは、女の芸人さんは天然とかちょっと不細工な人とか「女に大人気、性格いいよね」が条件で、だから新しいといえば新しかったのかな。
ジェーン　その通りですね。

光　浦　「あの人は性格いい」だったのが、あるフリートークで、「この人のこと本当は嫌いなんだ」をつい本人の前で言ったら、それがすごく受けて。それから、そういうのをやってくれと要求されたりして、こっちもその時はまっさらだから「みんなが笑うならいいことだ」と思ってやってたら、バトルの時代がやってくるんですよ。とにかくディスり合う時代が。今考えると、それがお笑いなのかわからないけど。それはむしろ、お笑いというより、カルチャーだと思う。

ジェーン　ちょっとした違和感をデフォルメしてて面白いと私は感じました。あと、ブスと性格のよさがセットになってるっていうのもよくよく考えたらブスをバカにした話だし。でもお笑いの人ってそういう設定なんだよねっていうのがどこかにあった。そこで、そうじゃないもの見せてくれて、それが誇張されて面白くなってって。

光　浦　「女芸人はヒゲが生えます」とか「毎日エロい妄想をしますよ」とか、自分が恥ずかしいこと、隠しとったことをとにかく質問されたら全部素直に答えて。なんていうのか、そのうち、なんでもさらけ出すというブームと言いますか、隠すのがカッコ悪いみたいな、私はなにも隠しませんよ？　ってなっていって。若いかわいい子には、やっかみで絡んでください、と言われればそれが仕事だと真面目に当たって、怒られたり恨まれたり。私も彼女をおいしくしてると、良かれと思って、自信持ってやってましたから。でも真面目にそんなことやり続けてたら時代遅れの人になってた。他の人はネットとかで自分の評判を見てる時代が来て、私はSNSをやってなかったから、番組を盛り上げることが一番大事なことだと思ってやってたら、スタジオのなかと世間との温度差に気づかなくて。で、気づいた時は遅くて、世間に憎まれてることにびっくりしたし、古いことをずっとやってる人みたいな。そんな感じで。

ジェーン 光浦さんが古いとは思いませんけど、演者に対する期待が変わってきたのはあるんでしょうね。

光　浦 最初は番組がもっと盛り上がればいいってだけで、テレビはカメラが回ってる時は嘘という暗黙の了解でやってたの。カメラが止まったら、すいませんでしたって言って終わりっていうのがルールだったのに。

お笑いは男性の遊び

ジェーン 光浦さんはそれまでの定型をなぞるにはノイズになる「本当のこと」をデフォルメして笑いにしたのに、そのデフォルメが演出として伝わらないんでしょうね。

それがどこまでリアルかは置いておいたとして、リアリティTVみたいなもの、例えば「テラスハウス」のようなものが支持されてて。演出がないと思われるもの、「ホントのこと」という、デフォルメしないことの垂れ流しが今求められているというか。

光浦　そういう感じ。誇張というか。

ジェーン　誇張がリアルとして捉えられて罰せられるという。

光浦　そう。

ジェーン　それはとてもやりづらいですね。

光浦　やりづらい。失言しないように、が一番。それで二番目に、そのなかで面白いことを言おうという。

ジェーン　どこまでが自分のやりたいことで、どこまでが求められていることとか、期待されていることが変わってきてるのか、それとも、さっき言ってたような規制みたいなところで縮こまってきちゃってるのか、とか。

光浦　別のものを求められているんじゃないですか、もっと。もっと才能というか、才能を。見た目だけの笑いみたいな安いことやってんじゃねーぞみたいな。

ジェーン　それは喜ばしいことなんですかね。

光浦　喜ばしいことだと思いますけど、私はつらいですね。だって、そういうザ・才能がないし。私はお笑いと合わないような……と思ってやってきてまして。

ジェーン　それはどうしてですか。

光浦　男性の脳みそのなかに私が入っても、やっぱりちょっとテンポが違うというか、構造が違うのか……。

ジェーン　お笑いの世界自体が男性社会ってことですか。

光浦　たしかに男性社会ですね。女性ディレクターいないしね。ゼロに近いですね。情報番組で多少いますけど、バラエティ番組で女性は作家もディレクターもほとんどいないです。

ジェーン　それが見ててちょっとつらくなる原因なのかも。

光浦　男性社会だし、いわゆるお笑いって男性の遊びの気がして。そんな感じの世界だったから、逆に私は仕事をもらえたって思ってるんですよ。

ジェーン　う――ん。

光浦　私に与えられたハードルは低かったの。お笑いスキルに対してのハードル。女だから。だから私はこんなにテレビでいい思いをさせてもらえたし、楽しい現場をいっぱい経験できた。今はわからんけど、みんなが平等になろう平等になろうってことを急にやっていったら、難しいことも増えてゆくんじゃないかなと、ゆっくり真ん中に着地すればいいなと私は思ってます。

ジェーン　女のディレクターさんや作家さんが増えたら変わるかも。笑いも女のペースになる。女の人には女の人の笑いがあるわけで。

光浦　そう。お喋りみたいなトーク。そういう、女の人がベースのリズム感の、ちょっとダラダラ横に広がるトークをよしとしてくれる番組ができていって、女の人がMCとかね、そういう実験的な番組をやって、数字がとれればね。

ジェーン　「メレンゲの気持ち」みたいなこととは違うんですかね。お笑いはちょっと違うのかな。

光浦　井戸端会議的なお喋りは面白いもんね。長く喋る面白さがあるもんね、女の人は横にずるずる。

ジェーン　どんどん話が横にずれてっていいし、テンポ感とかも独自のものがありますからね。

光浦　それがうまいことね、数字をとれるようになって、見せ方とかもうまいことできたらいいけど。

ジェーン　たしかに細切れにCMが入るのが前提のテレビメディアとの相性がどうなのかっ

ていうのはあるかもしれませんね。

光浦　ひな壇とか、一言で落とせとか。声大きい人から一言いけとか。そうすると、男の人って組織の生き物なのか、やっぱりパスワークみたいなもんがあるもんで、優しいMCの人が名指しでふってくれたら女の人も喋れるけど、そうじゃないと、なかなかパスワークのなかには入れない。

ジェーン　うわー真髄ついてくださいますね。

光浦　自分でやってて「うわー楽しかったこの番組」っていうのは、やっぱり少人数でたっぷりトークできた時。いっぱいおるなかで、一時間二言しか喋るとこがなくて、二秒ずつ四秒与えられて、で面白いこと言えって……できないんですよ、私。

ジェーン　こちらとしては、それを見たいんじゃない、というのはありますよ。光浦さんと西加奈子さんの対談を読んだことがあって、かっこいい俳優さんが番宣で来た時に、いわゆる職業ブスの方たちが「うわーかっこいい」みたいに寄っていって蹴散らされるまでがセットなのに、「イケメン俳優だー」って行かないのがいると仕事が来なくなるというようなことをおっしゃっていたんです。わかるなぁと思って。あれ、見ててつらいんですよ。ブスは全員イケメンが好きで身の程知らず、イケメンはブスを邪険に扱ってよし、って前提あっての話じゃないですか。世の男性のほとんどが自認としてはイケメンではないわけで、そういう状況でブスとされる女たちがイケメンに蹴散らされるのは見てて小気味いいんだろうな、と。

光　浦　だからもう一息頑張って古典芸能にしちゃえばいいのにね。

ジェーン　古典芸能風の型にしてしまえば、それに対してもう「かわいそう」とか後ろ向きな感情が動かないってことですかね。

場所を作ったあとに自我が生まれた

光　浦　今って、とにかく「クレームがこない」が一番なんでしょうね。収縮してく空気感。

ジェーン　光浦さんが職業ブスで笑われたとしても、それが光浦さんの人間としての価値を傷つけるわけではないとなれば問題ないと思うんですけど。どうしたら、そうなるんだろう。

光　浦　笑ってくれればいいのにって思いますよ。本人が「やめろやめろ」と言いながら「おいしい」と思ってやってても、それは伝わらないのかなぁ？　本人楽しそうなんだから笑っていいと思うんですけどね。

ジェーン　そうか。当事者以外の人が当人の心配はしなくていいってことか。

光浦　そうそう。みんなプロでやってるんだから。あ、でも陰でブスと言われるのは傷つきますよ。ややこしいっしょ?

ジェーン　そりゃそうでしょう。板の上から降りたら言われる筋合いないですよ。光浦さんが共感を得ているのって「やりこめられないブス」だからだと思うんです。「ブスという役」は引き受けるけど、そこに土足で上がらせない。思ったことは言う。世の働く女の人は、その役を引き受けつつ、土足で上がられて、でも声をあげることもできないって場面が多々ありますからね。

光浦　じゃあ、私はそういう人たちのジャンヌ・ダルクになろうかな。

ジェーン　そうですよ。

光浦　フォローミー。

ジェーン　それが、光浦さんを見てて気持ちがいいと思う理由なんだと思います。男の人のなかにもどかんどかんじゃなくて、くすくすくすくすの横につながる笑いが好きな人もいるかもしれないし。

光浦　最近なんとなくわかってきたのは、意識と無意識が一致してるというか、意識的に脳みそを使って喋る言葉とハートが一致した時って、面白いんだよね。

ジェーン　口だけ動かしてても楽しくないという。

光浦　面白いセリフをいっぱい言っても焦ってるとただのクスリとも笑えないけど、噛み倒してても、腹立った話をしてる人って面白いじゃん。無意識が一致した時が面白い。ここを一致させることなんだろうな、と考えてます。なにか面白いセリフ言おうとか、間《ま》とか、そういうことにずっとずっと悩んでダメだったけど、最近はちょっと目標が変わった。

ジェーン　それって、いつも正直でなきゃいけないってことですよね。負荷かかりません？

光浦　私の性格上、嘘がつけないから。嘘がつけてたら、もっとうまいことやってるな。

ジェーン　「いなす」という最大の武器でね。

光浦　あーそれだ。

ジェーン　それないからね。

光浦　そうか。

ジェーン　最初は完璧に求められた役だけで生きとってた感じ。

光浦　それで場所を作ったあとに、そこから少しずつ自分を出していった？

ジェーン　自我が芽生えて、自分を出した、というか、もれてった。

光浦　意識的に出したわけじゃないんですね。

ジェーン　自分は意識的に出してたわけじゃないから、最初はもれてることがわからなかった。お客さんが笑わなくなったり、ディクレターが首をかしげたり。えーつまんなくなったって言われ出して。同じことをやってるのになにが違うんだろうってずっとわからなかったけど。素材が違うのを無理してやってたのがだんだんもれてきたのかな？

女はキャリアが得にならない

光　浦　最近私が救ってあげねばならんと勝手に思ってるのがえん罪お局《つぼね》。

ジェーン　なにを言わんとしてるか、わかります。

光　浦　えん罪お局を救う会を一人で発足してるの。

ジェーン　ある年齢を超えると、「お局」という型をつけられますもんね。その型がつくと、「たらちねの母」みたいな感じで「僻みっぽい」とか「意地悪」とか全部セットでくっついてくる。発言のすべてが悪意のあるように解釈されるし、下手したら若い女の子が得をするテコにされて、こっちがわかりやすい悪者になる。

光　浦　キャリアが長い人間が損するんだよね。

ジェーン　女はキャリアが得にならない構造。たしかにあります。

光　浦　アドバイスはすべていじめと言われ。ソフトにアドバイスしても「注意された」

と伝言ゲームで伝わり。さらに伝わると「いじめられた」に変わっちゃう。

ジェーン　ピリピリしてるとかね。言われるなぁ。

光浦　「こわーい」と言われないようにそこまでニコニコぺこぺこ対応しないとダメですかと。

ジェーン　私もラジオやっててそこはすごく気をつけてます。女が強者のポジションについたらもうシャットアウトって人、男女問わずまだまだいるんですよね。弱者のふりをするつもりはないですけど、「危害を加えるつもりはありませんよ」って、常に発信しておかねばなと思います。

光浦　両手あげて、持ってません、持ってませんって。

ジェーン　そうそう、丸腰丸腰言っとかないと。とは言え、だいぶ変わってきたとも思いますけどね。たいして実績のない中年の女が月曜から木曜まで喋っていても抗議の電話がかかってくるわけではないので。私がラジオに出始めた頃は、女が口を開いているだけで気に食わない人ってもっといたんです。アシスタントではない女に慣れてないというか。うちの番組では、一緒にやってる人は男でも女でもパートナーと呼んでいて、アシスタントとは呼ばない。

光浦　パートナーと言うんだ。女性パートナー。曜日パートナー。私は名乗る時、アシスタントガールの靖子ですって言いたいわ。

ジェーン　リテラシーあってこその「アシスタントガール」ですよね。それが通じない人がいるってことがつらい。

光浦　頭のいい人が、アシスタントガールの靖子ですに対して、女性に対して差別をしているんですかって。

ジェーン　君にはユーモアがないのかという。

光浦　なんか難しい。

若い子たちをどこまで誘えるか問題

ジェーン　光浦さんは女友達がたくさんいるイメージ。

光浦　いるけど最近遊ぶ人は減ってきました。みんな結婚したり子供産んだりで遊んでくれなくなって。午後11時以降に電話してくる人いないよ。7時前にしてとか、前日電話とか。

ジェーン　「ランチならいいよ」ってやつですね。

光浦　すげーつまんない（笑）。

ジェーン　そうなると、会うのは若い人ばかりですか。

光浦　男の人だったり、同じ人とよく会うっていうより、いろんなグループがある感じです。

ジェーン　固定メンバーではないと。

光浦　私は45だから、30代以下の人からすると、ちょっとうざいが絶対どこかに入ると思うんだよね。

ジェーン　40代になってからの、若い子たちをどこまで誘えるか問題ありますね。楽しそうにしてくれるから誘うけど、たぶんこの子どっかで無理してるところあるな、とか。誘いすぎちゃいけないな、とかね。

光浦　正直、ご飯に行くほどの仲でもないけど、同じ場所にいたから声かけないと悪いなと思って誘うと、あとから倍返しみたいに「本当は行きたくなかった」とかね。

ジェーン　気遣いが裏目に出るパターン。見極めが難しい。

光浦　ほんとに来たい？　ほんとに来たい？　って聞くとか。

ジェーン　そしたら「はい」って言わざるを得ないじゃないですか。今度ご飯ご一緒させてくださいって言われたら、誘わなきゃって思うんだけど。圧になるんだろうな、キャリアを積んだ女の人は。

光浦　命令してないのに、命令になっちゃう。

ジェーン　ババアだけ船に乗ってどっか行っちゃえればいいんですけどね。

弁の立つババア集団、増殖中

光浦　私、ババアって単語、すごく好きなんだよな。響きがパンパンしてて。ババアだけでつるんでね。最近周りがちょっと弁の立つババアばっかりになってるな。

ジェーン　弁の立つババア集団、増殖中。

光浦　ババア集団大好き。だいたい敵が多いじゃん。久々に会うと「喧嘩した」ってトラブルの話ばっかりで。またもめたかって。そういう話聞くと、一人じゃないって元気が出てくる。ウキウキしてくるもん。

ジェーン　40歳以上＝ババア。それはそれでいいんだけど、若さが売り物にならない＝かわいそう、と思われるのであれば否定したい気持ちはありますよ。

光浦　生き方で見せるしかないよね。

ジェーン　40代女の生き方のバリエーションが増えていくことが必要。必然的にそうなってるけど。

光浦　独身がこんなにいるって初めてだもん。歴史上。

ジェーン　しかも幸せそうな40代独身。

光浦　結婚しなくてもよかったよねっていう。

ジェーン　30代で結婚した子が離婚して、もう戻ってきてるし。どういうことっていうね。

光浦　すごいですな。私たちは大正のモダンガール的な新しい生き物ですな。

ジェーン　モダンババアだ。

光浦　扱いにくいって思われて当たり前か。

ジェーン　当たり前ですね。じゃあ、しゃあないな。

光浦　初めてのものはみんな怖がるからさ。

ジェーン　こういう感じの番組が欲しいんですよ。ずっと見てたい。

光浦　靖子の微笑みチャンネル。

ジェーン　朝のワイドショーから始めてほしいです。あんなに数を詰め込まないでいいので。出掛ける前に三つ四つのネタで。

光浦　爆笑はなく、くすくす。

ジェーン　で、帰ってきて夜も、くすくす。ただひたすら話してるだけで全然いいので。

光浦　女の人一人か二人とだらだら話すのすっごい楽しいよね。

ジェーン　今日お話ししてて気づいたんですけど、当初は男の人から見て理解しやすい役割を担っていたけど、違和感に気づいてそこから脱しているから、私は光浦さんか

光浦　ら目を離せないんだと思いました。

ジェーン　脱してますね。男の人。そうですね。厄介な人になってますね。制作からすれば。見てる側からすると、この人はきっと意に反する無茶はもうしないなと。引き受けないという安心感がある。

光浦　でもお金欲しいから引き受けるけどね。

ジェーン　どうですかね。お金のために仕事を引き受けてるようには見えないですけどね。

光浦　十中八九楽しい。途中で長くて嫌になるとか、つらいとかあるけど（笑）。

ジェーン　男が期待する女の役割を喜んでやる女は「名誉男性」って言われますけど、光浦さんはそうではない。

光浦　永遠の処女だから。

ジェーン　ふふふ。所詮私はテレビを見てる側の人なんで、言いたい放題なんですけどね。

光浦　私もそこまで責任持ってやってるわけじゃないからね。将来のプランもないし。

ジェーン　石垣島があるじゃないですか。

光浦　そういうプライベートのプランはあってもね。

ジェーン　そこで降りられるのもいいことですよね。一回始まったら上り詰めなきゃいけないって発想自体がマッチョだと思います。自分の人生というのを最優先する、扱いづらい40代の女がどんどん増えていけばいいなって思います。社会のためにならないことをするってわけじゃないですよ。過度な自己犠牲をよしとしないという。

光浦　でもさ、女の友達は増えても、恋人的な人がいなくなるね。年齢的なものかな。

ジェーン　そういう目で見てくれる人がどんどんいなくなって。

光浦　男性は面白い女の人を敬遠するというデータがアメリカの大学の研究に出てましたよ。面白いイコール知性だから。

ジェーン　女の笑いはおっちょこちょいとかね。

光浦　天然とか。まあ、でもそんな世界知るか、ですけど。

ジェーン　そうなの？

光浦　百万人を相手にする場には私がいないからだと思います。そこは光浦さんとは違う。マニアはいるとは思っていて。

ジェーン　マニアいますね。

光浦　マニア一本釣りを個人レベルの話でいけたらいいな、と。デブ専もいるし、ババ専もいるし。

ジェーン　ただ、光浦さんがいつもいるところにそういう人がいるかどうかはわからない。

だってお笑いが好きという時点で、猿山のボスを目指している人が集まるところだから。

光浦 メスらしいメスがみんな好き。美しい人が好き。

ジェーン 河岸《かし》を変えるしかない。

光浦 そんな河岸ないよ。どこ行ったらいるんだ。

ジェーン なんで結婚したいんですか。

光浦 経験してないから、してみたい。愛し愛されるということを一度も経験してないのでどんな世界があるんだろうって。会いたい二人が会って抱き合うなんて最高じゃんって。そんなこと人生にないもんで。やりたいやりたいって。

ジェーン 新しく始めるならすっごい年下かすっごい年上か、どっちかじゃないかなぁ。

光浦 すっごい年上ってすぐに介護でしょう。ある程度はイチャイチャしたいよ。

ジェーン 40代半ばからの同世代恋愛は、お互いが必要以上にジジイとババアに見えちゃう危険性があるんじゃないかな。前からお付き合いがあるなら話は別でしょうけど。

光浦 45でもそう？

ジェーン 向こうが「45のおばさん」って見てくるじゃないですか。どこかで互いに互いの「おじさんです」「おばさんです」が目につくのって、歳が近い人だと思うんですけど。

光　浦　あーそうか。

ジェーン　付き合ってずいぶん経ってたらそんなことないと思うんですけどね。そういえば女友達が「中年同士が新たに出会って始めるのって、なかなかハードルが高い」って言ってました。43歳で、しばらくぶりに彼氏を作ろうとしてる友人。

光　浦　すげーな。作ろうと思って作れちゃうんだ。

ジェーン　いや、まず、気合いです。「私はトラックに戻る」って。「アップが終わりましたので、とにかくトラックに戻りまーす、そこに誰か走ってるかわからないけど、とにかくトラックに戻りまーす」って。そう決めて夜遊びに行った帰り、深夜に六本木から新橋に向かって歩いてたら30代の男の子にナンパされたそうですよ。

光　浦　えーそんなことってあるの？　そっか、すっごい年下か。う――ん。検討してみます。

山内マリコ

1980年富山県生まれ。作家。2008年に「女による女のためのR-18文学賞」で読者賞を受賞。12年のデビュー作『ここは退屈迎えに来て』はじめ、『アズミ・ハルコは行方不明』『あのこは貴族』が映画化される。『さみしくなったら名前を呼んで』『あたしたちよくやってる』など著書多数。

徒歩二分圏内のご近所さん

ジェーン　最初にお会いしたのは確か……。

山　内　TVブロスです。連載陣がそれぞれ会いたい人に会いに行く特大号の企画があって、「相談は踊る」のリスナーだった私は「ジェーン・スーさんに会いたい！」と。

ジェーン　会いに来てくださった。その時山内さんは結婚しようかどうしようか迷ってたんですよね。

山　内　スーさんに背中を押してもらって、その後結婚しました。

ジェーン　この夏、ようやくその旦那さんと邂逅《かいこう》しました。

山　内　植物みたいな人でしょう？

ジェーン　穏やかな人くらいにしましょうよ（笑）。私が引っ越した先が、偶然にも山内さんのお住まいから徒歩二分くらいのところで。ある夜、隅田川の花火大会を自宅のベランダから見てたんですよ。アクの強い私の女友達と一緒に。そしたらベランダの下の歩道から山内さんが手を振ってらした。「花火見せてー」って言うから、「いいよ！」って。うちのおじさん、おじさんというのはパートナーのことで、43歳にもなって彼氏という呼称が恥ずかしいので、なんとなく同居人のおじさんと言ってますが……そのおじさんと山内さんもその日初めて会いましたね。

山内　いい感じのおじさんでした（笑）。おじさんとうちの夫はどっちも穏やかですよね。タイプは違うけど。

ジェーン　うちのおじさんは見た目マッチョなんですが……。

山内　話すとマッチョじゃないってすぐわかる。

ジェーン　見た目がマッチョだと、若い頃はマッチョ勝負みたいなものを他人からふっかけられることもあったようです。大変ですね、男の人も。で、その夜は一緒に花火見てご飯食べて。

山内　乱入してすみませんでした（笑）。

ジェーン　いえいえ。マッサージチェアにのっかってね。

山内　夫、ラジオリスナーなので、スーさんちご自慢の超高級マッサージチェアの話を聴いてたんですね。どうしても体験したいって言い出して（笑）。

ジェーン　引っ越す前に、山内さんとは「そのあたりの住み心地はどうですか？」ってやりとりはしてました。引っ越して住所を伝えたら、思ってたより近くて。そしたらある日、駅のエレベーターを上がったところでばったり。お互い疲れた顔してて「あっ」という、ご近所さんならではの。「うちここなんです」「まじっすか。うちここです」って。

山内　お互い忙しいから、時間を決めてお茶しましょうってことはしないけど、ばったり会うとめちゃくちゃ嬉しいですよね。ご近所さんの利点。

ジェーン　すてきなカフェとかもたくさんあるんですけど、行っちゃいない。

山内　すごく微妙なチェーン店のカフェがお気に入りです。造りが昔の喫茶店風で。

ジェーン　レトロを売りにしてなくて、中途半端に残っただけの喫茶店。あれいいですよね。

山内　現代の採用基準に反した、独特な個性のイイ店員が働いてて（笑）。すごく落ち着きますね。

文化圏が細分化されてるから飽きない

ジェーン　私は仕事場が港区で、夜になると下町の方に帰って、土日も下町の方で過ごす。それこそ同じ東京と思えないほど、区ごとのルールも違えば、歩いてる人も違う。店なんてどこ行っても全部チェーンになっちゃったから町のツラはそう変わらないけど、港区には大使館が多いのでホワイトカラーの外国人がよく歩いてる。下町の公園にはどこの国から来たかパッと見ではわからない、少数民族なのかな、そういうアジア風の集団がいる。ベトナム人、漢民族系の中国人、韓国人、インド人といった、よく目にするアジア人とは風貌が一味違うんです。港区の公園はどこも禁煙だけど、下町はまだ公園で煙草を吸ってる人が普通にいる。昔はここまで違わなかったよなって思います。山の手と下町じゃないけど、東京と一言で言っても地区ごとに法律さえはっきり分かれている。

山　内　私は上京して十年は中央線どっぷりだったんです。楽しかったけど、30代半ばになるとあのカルチャーが年下のものに感じるようになってきた。下町に引っ越したら本当に居心地がよくて。

ジェーン　指輪物語やナルニア国くらい、東京は場所によって違うよね。

山　内　異世界ですね。東京に来て沿線やエリアを変える大移動をしたのは今回初めてでしたが、この調子で年代ごとにフィットする居心地のいい町に引っ越したら、一生東京にいられるなって。文化圏が細分化されているから飽きない。

ジェーン　年齢はありますね。あと所得とも密接に関係してくる。今のところ下町には結構長くいられそう。
山内さんは一貫して地方と東京を作品で書いてこられて、ご著書の『あのこは貴族』も東京と地方、外部と内部を描いていらっしゃいますよね。山内さんの地元では、エスカレーター式の一貫校に高校から入学してきた外部生と小学校からずっとそこにいる内部生のセグリゲーション（分離）はなかったですか？

ジェーン　ないですね。

山内　ないのか。

ジェーン　そもそも私の時代は、お金持ちの子が行く私立っていうのがなくて。

山内　なるほど。でも頭のいい子が行く学校はあるわけですよね。

ジェーン　国立大に附属する学校があって、基本お金持ちは幼稚園のうちにそこに入れるので、自然と地元の名士の子供が集まってくる。でも頭のいい子は受験して入る。でも高校はないんです。東京だと名門私立の小中高大ってあるじゃないですか。でも地方は、いい私立高も私立大もないので、頭がよくてお金のあるおうちは、県内トップの進学校に入ったあとは、東京しか見てない。

山内　国立大学附属の小中はあっても高校がない。

ジェーン　東京にいる地方出身者のほとんどが、大学から東京に来ているから、都内の高校の名前もレベルもよく知らないんです。『あのこは貴族』を書くためにたくさん取材して、ネイティブ東京人のことを調べたら、実は学閥でいったら高校閥が一番幅を利かせてて、そこでのつながりが密接なんですね。高校時代の友達と、大人になってからも定期的に会ってご飯に行ったりしてる。エリアが変わらないから人間関係も継続されてるのは発見でした。地方だと卒業ごとに解体されて、県外に出たらつながりがあまり残らない。地元で今も会ってる子って一人くらい。同窓会がない限り会わないのが普通ですね。

逃げて逃げて逃げてその先に東京

ジェーン　山内さんのこれまでのご著書を読んで驚いたのは、地元でイケてる人は地元を出ないって話。イケてる人が出てくるのかと思ったら、違うって書いてあって。みんな躊躇《ちゅうちょ》なく華やかにやってるから、地元でもそういうタイプなのかと思ってました。

山内　戦後は「ヨイトマケの唄」の歌詞みたいな、勉強して貧しさから脱出する立身出世が、一番メジャーな上京パターンだったのかな。そのあと東京でビッグになってやる系の、イケてる人が上京する時代が来て。私の世代は逆で、イケてる人ほど地元に残ってました。地元で仲間と車乗り回して遊びまくってた。彼らが満足できる程度に郊外が栄えたのが大きいですね。

ジェーン　マキタスポーツさんもラジオで「イケてる奴は地元に残る」と言ってました。人は自分が勝ち続けられるところにいるものなんでしょうね。

山内 小中高のヒエラルキーは絶対ですからね。私の場合は文化系の趣味を誰とも共有できなかったので「ここじゃない」感はあったんです。大学は県外に行きたいなと、当たり前のように思ってました。

ジェーン 大学は関西に行ったんですよね。

山内 だけど大阪でも不発（笑）。そのあと京都に行って。京都でもダメだってなって、それで東京に。逃げて逃げて逃げてその先に東京。東京もダメだったらニューヨークに行くしかないみたいな。

ジェーン わかります。

山内 私が地方から東京に出てきたような、ここじゃないどこかへ行きたい気持ちを持ってる東京出身者は、たぶん本当にニューヨークやパリに行くんですよ。

ジェーン ここでは誰もわかってくれない、ってね。でも「物を書く人間になる！」と決めて地元を出るのはすごいバイタリティだと思いますよ。

山内 今から思えばたしかに。元気があった（笑）。

ジェーン 私にそのバイタリティはないなー。

山内 最近話題になった東京女子のインタビュー、読みました？　東京出身のおしゃれピープルなお嬢さまたちの対談が、ネットで燃えてしまった。

ジェーン　文化資本がしっかりあって、ヒルサイドパントリー代官山が遊び場のような幼少期を過ごした子たちだったような。

山　内　私立校に通ってて親も文化系エリートという。ネットでよくある、選民意識を叩かれて炎上というパターンだったんですけど。私がこの小説で「貴族」と括った特殊な階級が東京にあることを、きっとネットの人たちの大部分は知らなかったと思うんです。それで、あまりの世界の違いにショックを受けたんじゃないかと。私も、取材のたびに「うぐ……」と思ってたんで（笑）。だから逆に、帝国ホテルのラウンジでお茶してるみたいなことを言ってるのを読んで、「裏がとれた！」とガッツポーズでした。貴族がファミレス感覚で高級ホテルのラウンジでお茶してるってこと、取材で知ってたので。やっぱり飲んではるんや、みたいな。

ジェーン　なんでそこ京都弁なの（笑）。私は以前「東京生まれ東京育ち」についてブログで書いたら、炎上まではしてないですけど、予想以上に棘《とげ》のある言葉を投げかけられました。東京出身者から「よくぞ言ってくれた！」とも言ってもらえたんだけど、誰からも見られるSNSのリプライやコメントという形で残す人はほとんどいなくて。メッセージやメールが来ました。思ってても、言ってはいけないことだってみんな思ってる。東京＝デリケートな町。いや、東京がデリケートなんじゃなくて、東京にいる、東京の外から来た人がデリケートなのか。地方出身者って言葉の使い方にも慎重になるというか、「皆さんの地元」とかそういう言い方をしなければならないようなプレッシャーも私は感じます。

山内　気を遣わせてしまってすいません（笑）。スーさんのその文章、たしかにそれまで東京の人が決して明かさなかった本音という感じで、興味深く読みました。そういう気持ちだったのか！　と目からウロコで。東京出身者にとっての東京と、上京してきた人にとっての東京は、さっきの指輪物語とナルニア国のたとえくらい違う。「ＳＥＸ ＡＮＤ ＴＨＥ ＣＩＴＹ」のなかに、「ニューヨークに十年住んだらニューヨーカーって名乗っていい」みたいなセリフが出てくるんですけど、私はまだまだ口が裂けても言えないです（笑）。

あと、ネットは庶民感覚で、しかもちょっと下流なことが共感を集める。「マック行くよねファミレス行くよね牛丼食べるよね」って感じで、郊外文化と親和性が高い。特にツイッターは、その庶民感覚にチューニングを合わせて発言しないといけないっていうルールができつつありますよね。高級志向は笑われて炎上しておしまい、みたいなところがあって。同じ感覚の人同士でクラスタ化していくし、たしかにネットは階層を固定化する。

ジェーン　インスタグラムくらい閉じてる空間であれば違うんでしょうけどね。インスタで貧乏自慢する人はあんまりいないし。

山内　ツイッターとインスタグラムでは商売が違って、インスタはキラキラしてればしてるほど支持を集める。

ジェーン　フェイスブックにはぎょっとするような国粋主義的なことを本名で書く人もいて、それはそれですごい。インスタとフェイスブックは閉じた空間ですね。

仕事を辞めたらキャバ嬢しかない現実

山内　私、スーさんの東京のなかでの立ち位置というか、どういう世界の人なのか、薄々気づいていていて。

ジェーン　え!?　どの辺?

山内　東京生まれ東京育ちといっても本当に色々で、ヤンキー家庭も結構多いけど、スーさんは完全に貴族寄りの文化圏ですよね。貴族度が高くなるほど保守的な価値観を持ちがちだけど、スーさんはしがらみだらけの保守的な文化圏から、自力で脱出している感じがします。魂の脱走兵というか（笑）。この小説を書いてる時にヒントになったひとつが『女の甲冑、着たり脱いだり毎日が戦なり。』に出てくる「山田明子について」なんです。東京の貴族女子のステイタスであるお嬢さんモデルだった完璧な女性も、無傷では生きられない。離婚も経験して、今は子育てをタフにやっていて。彼女の人生から得られる教訓をスーさんは、どんな生まれ育ちであってもやっぱり自分の力で摑《つか》み取るものこそが一番ハッピーなんだと書いてらして。その部分にすごくインスパイアされました。

ジェーン　ありがとうございます。私が書いているのはエッセイやコラムなので、基本的には私が見たこと考えたことを書くわけですけど、小説家は自分の考えを別の人格に委ねて動かすことができるのが羨ましいです。

山内さんは一貫して、女子の自立や属する社会からの脱出の重要性を啓蒙してらっしゃいますよね。『あのこは貴族』も、ともすれば分断させられがちな非常に難しい役割を与えられた女同士を配しながら、キャットファイトしないところが面白かった。

少し前の話になるんですけど、二十歳《はたち》くらいの高卒で働く女の子が「今の仕事があまり好きじゃない」と言うので、「じゃあ転職すれば？」って言ったんですよ。そしたら「今仕事を辞めても、私ができるのはキャバぐらいしかないし」って言われて。びっくりしました。未来があって勉強し直すことだってできる歳なのに、キャバ嬢しかないって本人は言うわけです。若さや女性であることを売りにするしかないと、無意識に思ってる。そんなことないじゃんって強めにはっぱをかけたけど、我にかえると彼女の周りにはそういう現実しかないんですよね。誰だって、間近で目にしたものに一番影響受けやすいものね。

山内　環境の連鎖ってすごくありますね。周りに実例がないと、想像すらできない。その最たるものが貧困の連鎖で、メディアでは本当によく取り上げられてキラーコンテンツ化してるけど、実はそのスパイラルは貧富両方で起きてるんですね。でも可視化されるのは下層の貧困ばかりで、上流はこれまで隠されてきた。東京で私立の学校に行ってたような人は、身近なゴシップとしてそういう階層の話をするけど、地方の大部分の人はその階層自体を知らない。東京の貴族の代表格が世襲の政治家で、小説にも王子様として登場します。貴族女子と地方出身の女性という対照的なヒロインが二人出てくるのですが、彼女たちは王子様によって「妻と愛人」みたいに、女としても分断された存在なんです。そこまで対立するカードを揃えておいて、その二人をいがみ合うような関係にはしたくなかった。そこにメッセージを込めました。

ジェーン　知識層の女の人でも「女の敵は女」と平気で言うけど、そのロジックが自分たちの首を絞めてることがもっと広く知られたらいいなと思います。男同士の利害が対立しても「男の敵は男」と言う人は誰もいないわけで。「男の人にとって女同士が仲良くなるのは困るのよ」みたいな台詞が『あのこは貴族』にあって、こんなふうに言える小説最高って思いました。

山内　嬉しい！　私、自分の小説は全部、『女の敵は女』は間違いなんだよ」と口酸っぱく言い続ける活動だと思ってて（笑）。自分もそうだったからわかるんですけど、女の人ほど、実は男の人の価値観を植え付けられて育つ。いつのまにか自分のなかに男の考え方が染みついて、男の人が喜ぶようなことをしなきゃ、みたいな思考と行動をとってしまうんです。女性が自ら「女の敵は女」とか言っちゃうのも、男性へのリップサービスみたいなものなんだけど、実はそのイデオロギーって、本人が気づいていないレベルで深く染みついてる。そこを壊さないと、女性はどこにも行けない。

ジェーン　建前としては「私はたいしたことない人間です」と謙遜するのが好まれがちだけれども、世に作品を出したり人前に出たりする仕事に携わる者、特に女性は「私はここまでできたよ」という姿をてらいなく見せていかないといけないんだなー

山内　と、最近よく思います。

ジェーン　男性は偉人化するのが得意なんですよね。功績を称えるのが大好きで、すぐ銅像とか建てたがる（笑）。けど女性は、控えめがよしとされる「女らしさ」を植え付けられてるので、「めっそうもない〜」って引っ込んじゃう。女性に偉人が少ないことになってる最大の原因はそこだと思うので、「私ここまでできたよ！」とか「彼女はすごい！」っていうアピールは大事。そうやって女性も偉人のステージにどんどん乗っていかないと、あとに続く人も出てこられないですもん。人間の想像力なんて、所詮それぞれの経験をベースにした演繹《えんえき》と帰納の繰り返しでしかないですもんね。現実はいつも想像の外からやってくる。小説であれコラムであれ、自分自身の存在であれ、読み手にとっての「その先」を見せていくことに意義があるんだと思います。使命とまでは思ってないけど、それは決して無駄ではないと。山内さんはいつも作品を通してそれをされているから、すごいなと思ってます。「東京」と「女」というデリケートな問題、両方に向き合ってる。

東京ジャッジの厳しさ、苛酷さ

ジェーン　「女の人生は楽でいいよな」みたいなことを言う男性もいるけど、彼らは彼らで世間体を気にして自分のフェミニンな部分を解放できなかったり、男らしさを押し付けられてきたりでちょっとかわいそうでもあるんですよね。地方における男女となると、地域のギャップと、男と女のギャップの掛け合わせで……。

山内　たしかに地方には、心の中のジェンダーギャップ指数が五十年遅れてるっていう人はざらにいますね。年齢に関係なく。なにしろ年寄りが提示してくるそういう価値観って、完璧に仕上がってるから（笑）、そのループから抜け出して、旧弊の考え方を打ち崩すのはかなり難しい。打ち崩すと闘ってるみたいで聞こえはいいけど、要は大多数の人間からバカにされる生き方を貫くってことなので。

ジェーン　女性の地位みたいなものは地域によってかなり差があるんでしょうね。地元のしきたりに則って生きる人たちから見たら、好き勝手にやってる東京の女に腹が立つのも当然かも。でもそこで分断されたらいけなくて。踏みとどまらないといけない。それって私たちがそうしたわけじゃなくて、システムの問題でしょうって。ここで私たちがいがみ合うのは筋が違くない？　と。

山内　まさにシステム、構造の問題なんです！　女性同士がいがみ合うようにプログラミングされてる。ここら辺の仕組み、田嶋陽子さんの『愛という名の支配』という本にすごくわかりやすく書いてありました。女の人の頭のなかが男性化してし

ジェーン　まうことも、システムの一部という感じ。おじさんからの言葉が必要以上に深く刺さっちゃう、おじさん受信機みたいな女の人いますからね。結局お金を持ってる持ってない、結婚してるしてない、モテるモテないとかいろんなところでジャッジされる厳しさが東京と地方ではそれぞれ違うんでしょうね。スクールカーストはどこにでもあるものだけど、それとは違う世界。

山内　お受験して私立に行ってる東京の人たちのスクールカーストはどういう感じですか。

ジェーン　私は国立の附属幼小中高大がついてるところの幼小中まで行ったんです。えぐい話だけど、そういう小学校に入れる親は金銭的にも余裕があって教育意識が高い。今じゃ信じられないけど、名簿に親の職業が記載された欄があって、医師の子供がめちゃくちゃ多かったです。そういう家は子供もたいてい医者になりましたね。小学校の同級生だけで、頭のてっぺんからつま先までの医者が間に合うほど。父親の職業がオーケストラの指揮者だったり、家が文化なんとか財に指定されたりしている子もいたな。

山内　えっ!? それは想像以上かも！

ジェーン　私は傍観者。うちは近所にそういう学校があったからって、日大中退と高卒の親が玉入れみたいな感じで私を投げ入れちゃったんですよ。受験もくじ引きだし。中学からばっきばきに、ちょっともう尋常じゃないレベルで頭のいい連中が入ってきて、私みたいな学力カースト最下層は附属高校には進学できないんです。足切りされちゃうから高校受験をせざるをえない。しかも周りがみんな頭いいので、必然的に内申点が悪くなる。私の内申点で都立高校を受験しようと思っても、願書を提出しに来た私たちに在校生が二階の窓から空き缶を投げつけてくるようなヤンキー校しか選べない。だから私立に行くしか選択肢がないんです。特殊ですね。

山内　特殊すぎて、外から来るとわからない。

ジェーン　私立は私立で事情が違って。塾で知り合った私立女子中に通う友達から大学生のパーティーに誘われたり。男子大学生と遊ぶマセた女子中学生ってのがいたんですよ。当日は待ち合わせ場所に大人みたいな革ジャン、ジーンズに化粧の彼女たちがいて、面喰らいました。私はラルフローレンのセーターとチェックのスカート、膝上靴下とローファーでおしゃれしたつもりだったんだけど「ああそんな格好で来ちゃったんだ」ってがっかりされちゃって。私みたいにボーッとしたのは彼女たちの周りにはいなかったんでしょうね。同じ東京生まれ東京育ちでも、環境格差が大きい。だからこそ味わう疎外感があります。東京に生まれたから得をしてるところはあるけど、思ってるほどではないよって言いたくなることもある。

山内　想像よりだいぶ苛酷《かこく》だ……。

ジェーン　高校は埼玉の女子校だったんで平和でしたけどね。誰かからの伝手《つて》で事務所が原宿にあるようなところでモニターのバイトをしたことがあるんですけど、オリーブやセブンティーンで読者モデルをやってるような男の子たちが働いててびっくりしました。でもかわいい子優遇だから私には全然仕事が来なかったなぁ。

山内　うう、聞いてるだけで傷つく（笑）。そういう学校事情に比べると、田舎の公立の学校は、すごく平等で平和な場所だったんだなぁと思います。

東京の人が東京に抱く疎外感

ジェーン　選ばれた人だけが座る桟敷《さじき》は桟敷でえぐいんでしょうけどね。摩擦熱が高いから。大学では逆に、地方から出てきた子たちがどんどんきれいになっていくのを目の当たりにしました。右も左もわからない状態から、バイタリティだけで自分の場所を作り出していく。そういう人たちが、東京っぽいパーティーを作るんだと思います。外から来た人が、みんなで一生懸命東京を作る。

山内　東京の人の方が、そういう東京っぽさに馴染めなかったりする？

ジェーン　なかなかつらいもんですよ、自分の地元に疎外感を覚えるってのは。

山内　自分の地元に疎外感を覚えるのはすごくわかります（笑）。けど、東京では地方出身者がマジョリティで地元民の方がマイノリティ、そういう意味での疎外感というのは知らなかった。東京の人はそういうつらさをあんまり言わないから……。

ジェーン　言うとしても、町がどんどん作り替えられることへのノスタルジーとか。それはよくわかるんです。地元が再開発されるたびに私のなかの一部が死ぬ、みたいな感覚。東京の人はずっとそういう目に遭い続けているんだろうと。

東京出身なんだから、再開発されたあとのことも知ってて当然と思われるのもキツいですね。外資系ホテル特有のはったりめいた豪華さ、あんなものは私が子供の時代にはなかったから、気軽に乗っかれないですよ。一部のハイブロウな東京人か、他のところから東京に出てきた人の方が乗っかれる。やっかみ半分で「東京には他所から人が入ってくる」みたいなことをブログに書いたら、「俺たちの地元からあれだけ人を吸い出しておいて、なにを言ってるんだ」って言う人がいて、ああそうか、向こうの視点で見ると、人材が吸われていってるように見えるんだって。

山内　そこは本当に表裏一体ですね。人口比を見たら一目瞭然で、昔は地方の人口がそこそこ多かった。人口が多いとおのずと活気もあったみたいで、何十年も前につくられてそのまま朽ちてる建物がすごく多いんです。地方のガラガラの商店街を見ると悲しくなるし、その一方で、東京の人の多さも疲れる。両極端でアンバランス。20代の頃、居場所を求めて東京にたどり着いたけど、30代後半になって、またちょっと違うスタンスで地方と東京を見てます。ゆくゆくは二拠点生活かなーとか。

ジェーン　そこにいるだけでは居場所なんてできないことが、この歳になるとよくわかります。居場所は作るもの。地面に生えてる草と一緒で、自分自身が根を張って居場所を作らないと、どこにいたってふらふら飛んでいっちゃう。

山内　場所じゃなくて人……となると、地方と東京の差も微妙なラインですよね。東京って次々に商業ビルがオープンするけど、逆にそこにしかない店みたいなものは減ってる。私が上京したのは、カルチャーの発信地とされていたショップが次々潰れて、全国展開のチェーン店に変わっていった時期でもあって。結局、憧れていた東京には一度もたどり着けていない（笑）。

ジェーン　先日、久しぶりに北海道へ行ったんですよ。札幌の駅ビルは1階がエノテカとロクシタンと青山フラワーマーケットにスターバックス。東京となにも変わらない。「デニーズやセブン-イレブンはどこへ行ってもあるね」というレベルの話じゃないんですね、もう。

山内　じゃあ東京になにがあるかといえば……。どうせ新しい店は2年おきくらいに変わるし、あんなもの意味がないよなって。おしゃれな東京なんてマッチ売りの少女がマッチ擦って見てる幻影みたいなもんですよ。歴史的建造物は地方にもあるし。東京に住む意味ってなんだろう。人？　人的資産？

ジェーン　買い物でいったら東京にいてもネットで服買いますしね。
そうそう。それこそ90年代にはある種の東京アイコンだったビームスだって、今やどこにでもあるわけで。70年代の原宿の写真集とか見ると羨ましいんですよ。本当に、ここにしかないものがある。それって東京のアイデンティティですよね。地方にも東京にもシネコンができて、どこへ行っても同じ映画が観られる。昔の東京はオリジナリティがあった分、すごく簡単な変身装置だったんじゃないかなぁ。出てきただけでガラッと環境を変えることができた。そういうタイプの東京のオリジナリティなんて、もうないんじゃないかな。江戸前鮨とか江戸落語とか

山内　浅草とか、わかりやすく東京を体現しているものほど外から人が来ることが大前提の観光エンターテインメント。地元民のためのものではないでしょう。ハイブロウはハイブロウで閉じた空間だし。

ジェーン　ハイブロウって貴族コミュニティですよね？　あの閉塞感はちょっと耐えられない。

山内　そういうハイブロウ的なものは地方に行ってもあると思うんですよね。大名やら公家さんやら、そういうハイブロウなものはどこにでもある。でも閉じてる。

ジェーン　グローバリズムってなんのことかよくわからなかったけど、今ならわかる。全部同じになって、東京も地方都市のひとつになったもの。世界の均一化ですよね。

山内　ショッピングモールを悪く言いたくはないんですが、この間、日曜日にららぽーと豊洲に初めて行ったんです。かなり壮観で。もし東京で子供産んだらここで育てるのかと思うと、めっちゃ足がすくみました（笑）。田舎のイオンと変わらないんだけど、田舎のイオンにあるだらけた茶の間感がなくて、空気がターミナル駅並みにピリピリしてて。

ジェーン　カリモクがあるかないかですよ。そしていずれカリモクもイオンにできますよ。

山内　カリモクもやがて観念して、地方に出店する日が来るだろうと（笑）。せいぜい、

ジェーン　東京にいっぱいあるものが、地方には各県庁所在地に一個しかないという違いですかね。人口比率的には十分だけど。

山内　なるほど、数の違いはありますね。

ジェーン　地方から東京に進出してきたものも増えましたよね。二十年前には東京で世界の山ちゃんの手羽先が食べられるとは思ってなかったもんな。パンダエクスプレスもできたらしいから、アメリカに行く理由もひとつ減ります。

そこにしかない個人商店的なローカルなものの価値が、ますます高くなっていく。なんでもかんでもフランチャイズしないってことかも。経済がそれを許さないだろうけど。

若くもきれいでもない女が楽しそうに生きる

ジェーン　東京ってなんぞやって考えることと、女の生きざまの可能性を見せること。その二つが私の仕事だとは思いつつ、地域によって女性の立場やできることの範囲が違うから、分断や対立を煽《あお》られる。だけど、それには乗っちゃいけないんですよね。私はマドンナに励まされてます。大好きなアメリカの大統領がトランプになって落ち込んでた時に、マドンナがインスタで「火がついた、やり返してやろうよ」ってポストしてて。姉さんありがとうございます、と思いましたね。あの人はラストベルトと呼ばれるミシガンで生まれ育ったけど、新しい女性像を提示し続けてる。

山内　はっ！　言っていいですか……？　この間マドンナのインタビューを読んで、今リスボンに住んでいるそうなんですが、理由が息子さんのサッカーだったんです。息子のために全力を尽くしてバックアップしてますっていう話で、もちろん美談なんだけど、私ちょっとさびしくなってしまったんです。誰かの世話をして、自己犠牲に徹するのが女性の最適解の生き方とするシステムが世界中にあって、そんななかでもきっついラストベルトから這い上がって、あの芸風で頂点を極めたマドンナですら、誰かのために生きることの素晴らしさに行き着いてるぅ〜と思ってしまって。まあ、マドンナが幸せならなによりなのですが。

マドンナがスターになった80年代って、日本も女性が強かったイメージがあります。バブルの時に女の人がチヤホヤされたけど、あれって男にお金があったからですよね。男の人は経済的な余裕があれば女性をチヤホヤする習性があるみたいで（笑）。たかが金でそこまで変わるかって思うくらい変わる。

ジェーン　男性に金がある時だけ女性の地位が上がるような他者に拠《よ》るシステムではなくて、

男性にお金があろうとなかろうとこちらの価値も発言力も変わらないというところに自分たちを持っていかないとですね。

山内　システムでいえば、女性の頭数を増やすことから始めないとですね。内閣の男女比を見ると死にたくなりますから……。個人でいうと、経済的に男性に頼らずに生きていける女である、ということ。それが身を守る一番手っ取り早い手段なんだけど、そこに行き着くことのできる女の人は少ないのが現状で。みんな、独身の時はできてるんです。薄給にあえぎながらも、自立している。でも結婚というシステムに入ると、一気にそれが難しくなる。

私の身近にいる子育て中の女性、特に地方在住の女性は、ほとんど専業で、子育てでいっぱいいっぱいです。私と一緒にフェミニズムを熱く語っていた子も、子供に手がかかるようになってからは「なにも考えたくない」と言い残して、BTSにハマってなんとか生きてる状態に突入してました（笑）。そういう友人に今直接してあげられることはないんだけど、次の世代、その次の世代の女性の環境をよくしていくことは、ミッションだなぁと。そこに、小説を書く意義をすごく感じてますね。あ、やっぱり私も「人のために」に行き着いてる（笑）。

ジェーン　エンターテインメントや創作物や発言で可能性を見せていくしかないと思います。

今は大卒の20代後半で真面目に仕事をしてても手取り20万以下みたいな子がざらにいる。そういう子たちが、お金がないことで自分の可能性や価値を矮小化しないで済むために、上の世代がなにを見せていけるか、かな。

山内　東京に頑張ってもらっていい見本を見せてもらわないと、地方は変わらない。女性の生き方、考え方のロールモデルを、トリクルダウンさせなきゃ。

ジェーン　特に若くも、特にきれいでもない女たちが東京では楽しそうに生きてるってことぐらいしか、私には見せられないかもしれないけど。

山内　役目はすごく果たしてると思います。地方に住んでる友人がラジコプレミアムでスーさんのラジオ聴いてると言っていて、「届いてるなぁ〜」と感じました。ただ、やっぱり少数派ではある。数年前、若い女性が地方から減ると町が消滅するというデータが危機感を煽ってたんです。子供を産む人がいなくなると町がなくなると発信することによって、「若い女を田舎から出すな」っていうムードが、田舎には簡単に生じえる。そういう空気に逆らえる女性ばかりではないですから。

ジェーン　いいから出ちゃえよって雰囲気じゃないんですね。

山内　2000年前後は、今と比べたら女の人が自由に生きられる空気がありました。何年かOLやってそのあとワーホリに行くとか。今はそういうライフコース、めったに聞かない。

ジェーン　若い人が結婚の時期を早めるのは賢い選択のひとつだと思うけど、それが消去法の末だとつらいですよね。幻想だとしても、東京が女の人にとってのノアの方舟《はこぶね》に見えた方がいいとは思います。好きに生きてていいんだよ、と。でも生活圏という意味でいえば、東京も一地方都市、政令指定都市くらいかな。東京のなかでも再開発から置いてかれてるところもいっぱいあるし。あと、再開発ってそこに元からいた人をどかす作業でもあって、言うなればダム作って村ひとつ沈めるようなもの。東京はカオスでいろんな顔がある。それが東京らしさなのかな。同じ東京でも、子育てファミリーが多い二子《ふたこ》玉川《たまがわ》なんて私は肩身が狭くていられないし。

山　内　子育て向きエリアでもなく、中央線みたいな若者カルチャーでもなく、ハイブロウでもなく。たどり着いた下町は、結婚してるにせよしてないにせよパートナーと住む分には最高に居心地がいい。そういう結論ですかね。

ジェーン　居心地はいいですよね。山内さんも私も違う場所から来て、今、同じ村に住んでる。

山　内　一生の居場所になるかはわからないけれど、とりあえず居心地のいい場所を確保できてる。最前線からの現状報告でした！

中野信子

1975年生まれ。脳科学者。医学博士。東日本国際大学教授。東京大学工学部卒業、同大学院医学系研究科脳神経医学専攻博士課程修了。2008年から3年間フランス国立研究所ニューロスピンに勤務。著書に『サイコパス』などがある。

女性同士の微妙な関係

中野 今日はわれわれ世代の阿川佐和子さんともいえる、憧れのジェーン・スーさんに会えるということで。

ジェーン ちょっと、やめてよ。なんだいきなり。

中野 普段そんなこと「友達風」に言えないじゃん。

ジェーン 「友達風」ってのがいいね。二人ともギュッと「友達」って距離を縮めるの苦手だもんね。

中野 女性同士の関係は微妙なところがあって、ちょっとしたバランスでマウンティングされたりしたりという形になってしまうことがある。私は長く付き合いたいから。お互い普段は負担にならない距離のところにいて、でもいざという時に助け合えるというふうにしたい。

ジェーン 男も女もべったりになると、絶対に合わないところが出てくるもんだよ。むくれられると「恋愛じゃないんだから」って思う。

中野 女同士の依存のし合いは本当に疲れるね。

ジェーン 「え、いつあなたと寝たっけ？」ってなっちゃうからね。

中　野　私あなたに責任持つべきなんだっけ？　みたいな。

ジェーン　遊びでいいって言うから抱いたのにって（笑）。そういうことは異性愛者の同性間でも起こりうることです。

中　野　さて、今日お呼びしたのは、これまで二人でじっくり語る機会がなかったので。

ジェーン　ＬＩＮＥ一時間くらいやったりはしてるよね。

中　野　今日話そうと思ったことも、だいたいＬＩＮＥで話した説もある。自分で読んでも面白くて、あのログ流れちゃうのもったいないなっていつも思う（笑）。

ジェーン　中野さんと私、同い年ではないけど同世代ということにさせてもらいますけど、子供の頃に比べて時代も価値観もかなり変わったじゃないですか。それこそ科学もすごく進歩した。

中　野　そうですよ。われわれが子供の頃は、科学は子供たちに夢を与えてくれるものでした。けど、もはやそうではない。研究機関は極端な言い方をしてよければ科学者の椅子取りゲームが行われる殺伐とした場所であり、椅子を確保するために虚偽のデータで論文を書いたりする人が出てきた。日本の科学論文の引用数はそこから落ちたと指摘する人もいる。

ジェーン　確かだと思っていたものが崩れ始めて、混沌としてますよね。もっとそうなるだろうな。新しいものもたくさん出てきたしね。それこそ脳科学も、私たちが子供の頃には馴染みがなかったよ。

よく生きるための〝ものさし〟

ジェーン　科学の進歩もあって昔よりも色々なことがわかるようになってきたけど、中野さんの本を読むたびに、いつも最終的に大きな疑問が残るんですよ。「で、これからどう生きればいいんだっけ」と。私たちはどこまで、描いてきた理想の人間でいられるのかと。中野さんは、現状こそが生存戦略の最適解なのだと提示してくれるから、そう理解するとわかりやすいのだけれど。

中　野　本を読んでくれた人に、私の書いたことを鵜呑みにせずに考えてほしくて「わざと指針を示さない」はわりとやってるかも。自分で考えることを厭《いと》わない人じゃないと今の時代は生き延びていけないと思うし。

ジェーン　たしかに今私たちはすごい過渡期にいるな。

中　野　しばらく前に、日本はもう終わるんじゃないかということを言う人が出てきました。煽るタイプのビジネスですね。まあ、それに少なからず乗せられる形で私たちは悲観的になっていたと思うんだけど、あるフランス人と話していた時に全く同じことを言っていた。フランスこそ終わりかけている、と彼は言うわけです。移民の問題もあったりテロが起きたり。じゃあフランスは本当に終わるのか？と尋ねると、僕はそうは思わないって。

ジェーン　「終わりかけている」けど「終わらない」と。

中　野　今はトランジショナル・ステート。次また新しいフランスができるまでの遷移の時期なんだって彼は言う。それを聞いた時、私はハッとした。日本人にはそういう発想があんまりなかったなって。新しい日本が生まれるって発想、日本人はあまり抱かないのかも、と思った。

ジェーン　新しい日本より、元に戻ろうとする力が強いように感じますね。

中　野　そうそう。

ジェーン　旧態依然としたところにね。でも絶対に戻れないんだけど。

中　野　戻れないのに、新しくなるのを拒む力がすごくある。

ジェーン　たしかに。ちょうど過渡期だよ。まぁ時代は常に過渡期で、あとから振り返って「このあたりは戦国時代」とか「この辺は平安時代」とかって区切ってるだけなんだろうけど。常に小さな過渡期の繰り返しだよね。そんななか、年齢のせいなのか、時代のせいなのかわからないんだけど、これまで使ってきた「ものさし」が使えなくなったと感じることが増えた。

私は「よく生きる」ことを信条に子供の頃から生きてきたんだけれど、最近はなにが「よく生きる」ことになるのかわからないんだよね。今までのものさしが使えないから。五年くらい前かな、超個人主義の時代にさしかかった時は、それまで使ってたものさしと、新しいものさしの二つを持つことに苦労はなかった。でも今は、その二つともが違う気がする。よく生きるためにどんなものさしが必要なのかわからなくなった。

中　野　今までの指針が次々に覆されていって、どれも信用ならない感じがあるね。でも、私は普通ではないようだから、みんなが思う真実からはどうしてもはみ出ちゃう傾向があって。そのあたりのことから話していきたい。

ある基準に合わせられない時に受ける糾弾の圧力、というものがあるよね。どこにでも、その世界の作法があるのだけど、そこから外れる者を受け容れる寛容性がある社会とない社会がある。

ジェーン　そうだね。寛容性とか多様性はここ数年で声高に言われるようになったけど、そのあとすごいスピードで「排他」が来たから混乱するよ。

中野　みんな不寛容はいけない、仲良くしましょうって口では言うんだけど、基本的にはまぁ、いいことなんですけれど。でも、この仲良くしましょうこそが不寛容の源になっているということに誰も気づいていない。

ジェーン　「仲良くする」っていうのは同調圧力でもあるからね。

中野　そうそう。冷たく見えると思うけど、最善の解は「放置」。他人のことには口を出さないでおきましょう、なんだけどね。そうできないのが、ヒトの脳にある「社会性」の罠だね。仏教風に業《ごう》、といってもいい。
裏を返せば「仲良くしましょう」は、みんなの和を乱す者、その和から外れた者を許しませんという閉鎖性の表れだね。実際、仲間意識を高めるためのホルモンをヒトに投与すると、みんなのルールに従わない者に対する攻撃が行われる。つまり、逸脱者を排除したいという気持ちも同時に高まることがわかってます。「寛容性を高めましょう」というスローガンを掲げれば、かえってそれが不寛容の源泉になってしまうのは恐ろしいね。

自分はなぜ集団に染まれないのか

中野　仲間意識の高い集団は、特に私のように逸脱しやすい者にとっては恐怖以外の何物でもない。私はそもそも仲間に入ることすらなかったので遭わなかったけど、仲間意識の高い環境ではいじめはますます激化する。ヘイトスピーチが過激になっていってるのも同じエフェクトだね。その視線が集団内の逸脱者でなく集団外に向かうと、戦争になる。

ジェーン　仲間意識と排外意識はセットってことですね。

中　野　同調圧力が高くなるのは、仲間意識を高めないと生き延びられないような、環境圧力が高くなる時。つまり、災害が起きたり、みんなで一丸となって働かないといけないような国家戦略があったりとか、そんな時代。そういう時代は、逸脱者にとって、最もつらい時代といえるかもしれない。私はわりと宗教的に厳格な家に育ったこともあって、同調圧力はずいぶん感じてきました。

ジェーン　なるほど。

中　野　みんなに合わせる方が圧倒的に楽に生きられるし、組織のなかでの評価も高くなる。理性では理解できても、なかなかそうは振る舞えない。自分がなぜそこに完全に染まってしまえないのか、そのことにも興味があった。

ジェーン　完全に染まらない状態が、アイデンティティ確立の促進につながったのかもね。違いこそが拠りどころだ。

中野　中学生の時にある小説のなかの「私が狂っているというなら、あなたも狂っている。時代が狂っているから、まともなやつが狂って見えるんだ」という趣旨の文に出会って、感銘を受けたことがある。どっちが狂っているかわからない。どんな基準にも合わせなくて生きていけるなら、それがいいと思うんですよね。逸脱について私はネタのように話すし、自分の立場を弱く見せた方が得なこともあるから、そう見せることもあるけど。周りに合わせようとはあまり思わないですね。

ジェーン　寛容と不寛容、そして多様性。多様性の容認を示す態度は「放置」というのには同意するけど、問題は干渉しないものに対して人が愛着を持てるかだよね。

中野　持てないだろうね。

ジェーン　干渉できないものに対しては「自己責任」と突き放しがちじゃん。突き放しも過干渉の一環なんだけどさ。「過干渉しない」と「社会で見守り、助ける」をセットにするのが難しいんだよなぁ。

中野　セットにすると、それによって救われた人に対する排除の視線が生まれるので、日本ではたぶんかなり難しい。あいつはズルしてるという見方になるから。

ジェーン　それが日本の特徴だって、中野さん言ってたよね。数世代同居の家族とか終身雇用とか、長期的な人間関係が続く社会では、みんなに合わせられる能力が生存戦略で優位になってたって。

中野　個体が生き延びることもそうだけど、遺伝子を残せるかどうか。あの人なら間違いない、安定した職業の人だからうちの娘をやろうとか。

ジェーン　サバイブするために必要な能力とされるものも、すごい速さで変わってきてる。前だったらそれこそ新卒で入った会社にずっと勤めてとかだったけど。未来を保証すると言われていたもの自体、すごいスピードで構造が変わってきてるから。

中野　学歴神話も現代ではすでに全然人生を悠々と暮らしていくための保証になんてならないし。急速に崩壊しつつあるよね。

ジェーン　「生存戦略」とか、いろんな人がいろんなことを言うけど、言葉だけが浮わついてる感じもするんだよね。

中野　言葉が浮わつくのは、みんながツイッターとかで、「その言葉はいかがなものか」をやるからというのもありそう。

ジェーン　言葉の定義に慎重になりすぎてよくわからなくなってる時にバーンと決めつけを言う人が出てくると魅了されたりね。言い切る人が好かれる。思考や決定を人に預ける方が楽だから。

自分の頭で考えないといけない時代

中野　それに関しては認知負荷という概念がありまして。脳はものすごくリソースを消費する器官なので、本当は普段はあまり使いたくないのね。実は一・五キロくらいしかない、そう大きくはない器官で、体重全体でいったら2〜3％程度。例えば幻冬舎に全体の2〜3％しか人が割《さ》けない小さな部署があって、でも社の予算の四分の一を使っていたらどう思うか？　ちょっとこれは節約してほしいでしょう。なんならそんな部署、なくせばいいって思ったりしません？　臨時で必要な時だけ作って、普段は別の仕事をしておけばいいし、予算も別のところに使ったらいいのにって思いません？

ジェーン　思うね。

中野　ってところが脳なんですよ。普通はあんまり使いたくない場所。

ジェーン　使わないでいけるなら、使いたくないと。

中野　脳はスリープ状態でも六割くらいの働きがあってね。そもそも休んでいてすら酸素やブドウ糖をバクバク使いまくってるのに、それがさ……例えば「次の休みどこ行く？」とか意思決定を迫られると、イラッとしません？　そのイラッが、脳を60％から100％使わないといけない瞬間。使わすなよ!!　って負荷を感じてイラッとするの。脳が。

ジェーン　わはは。それでみんなイライラしてるのか。判断を迫られる瞬間が増えてるもんね。

中野　ご飯どうする？　とか。

ジェーン　めんどくさい。たしかに、疲れている時はなにも決めたくない。

中野　頭を使いたくないから、言い切ってくれる人の意見に従っちゃう。

ジェーン　中野さんはともかく、私は学者でもないけれど、少なくとも半径五メートルの自分の周りでも、「これがあれば大丈夫」がどんどん変わっていくことにみんなが不安を覚えているのがわかります。

中野　決めなきゃいけない時代になったんだよね。なにかを鵜呑みにはもうできない、自分の頭で考えないといけない時代。

ジェーン　自分で考えて決めなきゃって、負荷が高いよ。保険に入ってればいいってもんでもなさそうとか。

中野　保険会社自体が潰れるかもしれないし、国産ブランドに安心感を持ってた人がそ

ジェーン　こへ就職しても、いつのまにかその会社が中国の会社になってたとかね。そういう時に、正しくなくても、わかりやすいことを言う政治家が一番怖い。

中野　自分で考えなきゃいけないからこそ、「強くてわかりやすい」が好まれる時代ね。そういう時代は今までもあったんだろうけど。

ジェーン　トランプが大統領になる時スーちゃん嘆きのメッセージくれたよね。アメリカどこに行くって。

中野　そう。なにが嫌って、日本はたいてい数年後にアメリカをトレースするからさ。今までずーっとそうだった。同質の社会問題を抱えると同質の結果が出がちってことなんだろうけど。

ジェーン　戦後の日本は、日本そのものというより、アメリカが極東に作ったディズニーランドみたいな国なので、当然、アメリカの流れをトレースしちゃうでしょうね。

中野　それこそ、だから、最初に言った命題「じゃあ、どう生きるか」なんだよ。

人間は役に立つことのために生きてるわけじゃない

中野　考えるのが好きな人には、これからの時代は向いてると思う。価値がどんどん変わるので。相対化することに慣れていて、そこをうまく使えると楽しめると思う。

ジェーン その能力を身につけて磨かないと難しいのかもね。後天的に養えるものなのかな。今までより速いペースで変化するであろう価値観への対応って、かなりの負荷だし柔軟性が必要だよ。と同時に、中野さんの本に書いてありましたけど、生存率を左右するものとしては順位が低いであろうアートに価値を見出すような人間ならではの能力をどう生かすかが次の時代を生きる鍵になる。

中野 科学をなんのためにやるのかというのは、科学者が必ずぶち当たる壁なんですよ。院生だった時に私もそういうことを先生と議論した覚えがあります。例えば医学研究や工学部の研究はほぼほぼプロダクツとか創薬とか、わかりやすく人の役に立つことだから、比較的承認欲求を満たすのが楽なんです。では素粒子物理や宇宙の果てはどうなってるのみたいな研究はどうかというと、なんの役にも立たないかもしれない。だけど研究そのものは面白いでしょう。

2015年にノーベル物理学賞を取った梶田隆章先生の師匠、戸塚洋二先生がご存命の時、今のスーパーカミオカンデの研究発表の席で、「その研究はなんの役に立つんですか」って質問を受けたことがあったそうでね。その質問に対して戸塚先生は、スライドに「愚問」とだけ書いた。

ジェーン 役に立つか立たないかで判断しない、と。

中野　人間は役に立つことのために生きてるわけではない。

ジェーン　そういうことだね。人間だけに許されたって言ったら僭越《せんえつ》だけど、人間が持つ人生のフリンジみたいなところ、想像力とか。

中野　面白いことのために私たちは生きているんだ、それが存在理由だ、と先生との議論では結論したんです。

ジェーン　「楽しみたい」が根源的にあるからさ。

中野　ドーパミンによって「面白い」という感覚をヒトに与えてくれたものに感謝したいと思うよ。お金や安定は大事だけどそのために生きるのは本末転倒だよね。

ジェーン　「おもしろ」が世界通貨として通用する時代がついに来ました！　昔ね、友達と言ってたの。女の「おもしろ」は両替しづらい通貨、まるでペソみたいだって。「かわいい」はユーロ、おもしろはペソ」です。強いんだよ「かわいい」は。どこでも両替できる。ところがその「かわいいはユーロ」のたとえになってたユーロが、今微妙な通貨になっちゃった。考えたこともなかったよ、こんな未来。

中野　ジンバブエ・ドルみたい。

ジェーン　こんな（五センチくらいの札束）ないとパン買えないみたいな。

中野　「美人なんとか」もそう。もうなんの価値もない。

ジェーン　溢《あふ》れすぎ。美人のデフレは確実にありますな。

逸脱者がデッドエンドを延ばして発展

中　野　汎用AI（人工知能）が作られれば「おもしろ」の価値がもっと上がるよ。なぜなら「役に立つ」は全部AIが担うから。

ジェーン　そのことも話したかったのよ。AIにとって替わられない仕事を考えると、朝会社に来てAIのスイッチを入れる管理人（笑）、もしくは不規則性が高すぎて役に立たないもの。

中　野　面白くて、かつ役に立たないことを見出さないと、人間は生計を立てられなくなってしまうね。人の役に立つことのほとんどは機械ができる世界を誰かが必ず実現してしまうし、機械ができるタスクなら、人間は絶対に勝てない。

ジェーン　その話で暗闇の天井に穴が空いた気がする。最初に戻るけど、疎外されてきた人たちにも、有利とまでは言わないけど、チャンスが回ってくるってことでしょう。

中　野　最後に結論にしようと思ってこっそり言わないでおいたのに（笑）。

ジェーン　え??

中野　あのね。ここで初めて明らかにしますけど、疎外されてるということは、実は一番有利な位置にいるんですよ。はみ出し者、と自虐的に言っているけど、実はひそかに、逸脱者こそ最後に生き残り、繁栄を享受するタイプだと考えているの。人類の進化の歴史を追ってみましょう。まずアフリカです。

ジェーン　すごいところから始めたな。

中野　私たちの昔々の祖先は森のなかにいたわけです。でも「木の実飽きるじゃん」と、わざわざ木を降り、森を出て、危険な生物がいるサバンナへ狩りに行く逸脱者がいた。豊かで肥沃《ひよく》なアフリカにいればいいのに、今度はわざわざ獣を殺して毛皮にして着ないといけないような寒いヨーロッパに移住した。そこで終わると思いきや、海を渡って、あるいは砂漠を越え高い山を越え遠くへ遠くへ行こうとした。配偶者を得られなかった、あるいは集団に馴染めなかった奴ら。要するに人類の歴史は逸脱者の歴史だった……とも言える。

ジェーン　逸脱者がデッドエンドをどんどん延ばしてくれたから発展したと。そこに人身御供《ひとみごくう》は必ずいるけどね。

中野　人柱は必ずいるね。でも人は必ずいつか死ぬ。たまたま海を渡り大陸を見つけて生き延びられた人が子孫を残したけれど、その人柱だって次世代への貢献をなんらかの形でしたんじゃないかな？　そうじゃなきゃ、今私たちがこんな姿でここにいるわけない。そんな歴史の末裔《まつえい》なので、安住する人はもちろんそれでもいいんだけど、そうじゃないところにも活路がある。

ジェーン　なるほど。

中野　マイノリティの重要性というのがすごくよくわかる。こんなに私たちが多様でなければならなかった事情がある。また科学っぽい話をしちゃうんだけど、結婚とか少子化の問題を社会学の人などが色々言うのだけど、生物としての生殖を考えた方がいいと思うんだよね。そもそも、有性生殖しなきゃいけない理由がふるってる。単為生殖の方がコストが安い。自分の体が分裂すればいいので。

ジェーン　アメーバみたいに。

中野　そうそう。配偶者を見つける手間もないし、そもそも配偶子を交換することもなしに楽に次世代が作れる。新陳代謝の延長として次世代を産むことができる。効率的で、短期的には繁栄するすごくいい方法だと思うよね。だけど、この方法で繁殖すると、ちょっとしたことで急速に滅びちゃうの。なぜなら多様性に乏しいから。外的な環境の変化にやられちゃうからです。バナナがいい例。今のバナナって、種で増えるんじゃなくて、クローンなのね。一種類の病原菌で群全体があっさり滅んでしまう。ヒト全体から多様性が失われつつあるということは、人間もバナナになりつつあるのではないかという（笑）。

ジェーン　一人風邪引くと全員死んでおしまいというね。そういう意味で多様性が絶対に必要だと頭で理解はできるけど、問題はその多様性にどう接するかだよね。

意思決定することを気持ちよく思うか

中野　まずは自分が同調圧力に屈しないことでしょうね。

ジェーン　それちょっと面白いから聞かせてほしいじゃないですか。

中野　自分が多様であることをみんなあんまり許せてない。

ジェーン　自分自身が多様的であることに？

中野　うん。自分はマジョリティの方にいたいから、マイノリティを上から目線で「多様性」って言うじゃない。

ジェーン　たしかに「あなたを受け容れてあげるわよ」という視点に立ちがちだね。

中野　なんならこっち来いよって、マイノリティ側にいたら思うんじゃないかな。

ジェーン　どんな人でも、実は多様性の一端を担っている可能性があると。

中野　そのことにもっと自覚的でいいと思う。
ジェーン　どうやったらそれがわかるかね。「普通はね」っていう言葉を私たちだって使っちゃうわけだし。
中野　そりゃあ使っちゃうよね。
ジェーン　でもそれが普通ではない人もいると認めないと、多様性が内在しているとは言えないんじゃない。
中野　そうなんだよ。私はポスドク（博士号取得後に就く任期制の研究職）でフランスに三年留学して帰国した時電車に乗ったら、女の子がみんな同じ顔してて恐ろしくなった。この国はこうなのかと愕然としたよ。みんなと同じでないと排除される怖ろしい国。それで髪の色をみんなと違う色にしたくなって、速攻で金に染めたよね。逆にみんなと同じふうにしなきゃと思う人もいるのかもしれないけど。
ジェーン　その差ってなにかな。ここに混ざったら危険というセンサーが働く人と、このなかに入ってないと危険というセンサーが働く人の違い。
中野　それを示唆する実験はなくはないよ。間違ったルールを教えられて、途中でその間違いに気づいた時、それでも教えられたルールに従う人と、自分のルールに従う人、二手に分かれる。それぞれの遺伝子を見ると、ドーパミンの分解酵素のタイプが違ってる。自分で意思決定することを気持ちよく思うか思わないか。意思決定を気持ちよく思わない人は自分で服を決めるのも得意じゃないし、みんなが買うから買うとか、みんなが観てる映画だから観るとか。そうしたタイプが日本には七割以上いるんだよね。

「本音」は変わる

ジェーン　そうそう、「本音」の価値が妙に上がってる感じが気持ち悪いって話も今日したかったんだ。

中野　「本音っぽい」ことね。

ジェーン　「本音こそ価値がある」みたいな価値観ね。でも私は「本音」と言われるものをあんまり信用してなくて。その時々、自分に足りないもの、もしくは足りているものによって本音はどんどん変わるじゃないですか。それを「今の気持ち」として話すのはいいけど、「信頼性のある永続的な本音」として俎上《そじょう》に載せるのは危険だよ。昔から「ぶっちゃけ」はあったけど、今の「本音えらい」感じはなんなんだろう。

中　野　メタ的に見る方がえらいという謎の序列が、ツイッターという野生の王国の不文律にあるからじゃない？

ジェーン　恐怖のツイッターランドの序列だ。ｍｉｘｉはよかったー。牧歌的だったー。

中　野　ツイッターランドの序列づけ、言葉の殴り合いみたいな、「俺はお前の価値をこう見てる」みたいな上から目線の殴り合いがあるよね。よりメタ的に見られた者勝ち、っていうジャッジの基準があるようだから、虚飾が虚飾であるとバレると、それだけで立場が弱くなる。「虚飾がある」ということはそのまま「嘘で飾り立てねばならぬほど、己には弱点がある」ということだから。「本音」感を出すっていうのは、俺には弱点がないぜっていうアピールなのだろう、と思うことがあるよ。より相手に対して優位に立てるというような。言語界の『北斗の拳』ワールドみたいな。本音というか、「俺の方が本当のことを言ってる」と言ってマウンティングし合うような感覚。

ジェーン　「本当のこと」っていう言葉ほど危ういものはない。その時の自分の気持ちでしかないのにね。

中　野　一方で私は、理想や信条を、ある程度持っているべきだと思っていて。いかに変わるとはいえね。

ジェーン　「これが私の指針」という動かぬ北極星がなかったら、自分の状態が悪い時、どこに向かって船を進めていいかわからなくなっちゃうよ。

中　野　それが人間というものだ。

ジェーン　そうかもね。でも私はサバイバルとかライフハック以外の指針が欲しいんだよなぁ。持ちづらくなってるけど。

常に次の状態が欲しくなる

中　野　報酬予測という実験があります。報酬期待ともいうんだけど。私たちはおいしいものを食べるとか、具体的な報酬がある時に快感を覚える。『脳内麻薬』で書きました。

ジェーン　はい、読みました。

中　野　ありがとうございます(笑)。報酬予測というのは「焼き鳥が食べられる」じゃなくて、「焼き鳥の匂いがする」、あるいは「何月何日誰ちゃんと焼き鳥に行く。その日が楽しみ」という期待感の高まりによる喜びの方が、焼き鳥を食べる喜びそのものより大きいというもの。人間は期待感をモチベーションにして生きているんだよね。

そうすると、平和に「なってしまった」状態は全く魅力的ではない。もうそれ以上ドーパミンが出ないから。一方で「将来の平和のために私はなにかをしている」はドーパミンがドバドバ出ちゃう。そこには大きな違いがある。

ジェーン うわー。

中野 食べてる状態は幸せの絶頂ではないわけよね。いつでも、次のよりよい食べ物が欲しい。ヒトは、そういう業みたいなものを背負っていて、「今の状態」に満足しないようにできてるのね。なんらかの新しいことをしたいと思っちゃう。それが目標や指針だったりするといいんだろうとも言えるけど。そこを悪意のある誰かにハックされちゃうと怖いね。

ジェーン なるほど。やりがい搾取的なことかな？　私には「負けない、逃げない、投げ出さない」みたいなことを指針にしがちなところがあるんだけど、それって根性論というより、自分を見限らない生き方をしたいという欲望なんですよ。でも中野さんの本を読んでいると人間の習性が垣間見られて「所詮、私なんてそんなもん」って自分を見限りそうになることがあるのよ。わかる？

中野 わかる。私そういうふうに書いてるもんね……。なんらかの指針を、上から目線で与えるということはしたくなくて。

みんな、自分を取り巻く今の状態の終わりを、怖いと思いながらも期待しているというかね。誰かが終わらせて新しい自分を作ってくれるんじゃないか、と思っているような気がする。脳科学に、無意識にそれを求めている人は多い感じがするんだよ。そういう本の書き方をする人もいるんだけど、でも私は麻薬の売人にはなりたくない……。自分を見限っても人生は続いちゃうし、その条件でどう生きるか、自分の頭で考えてほしい、ということを書いてるつもりではあるかな。

ジェーン　そう、人生は続いちゃうんだよね。

中野　よく、終末論が流行るでしょう。みんなが終末論を好きなのは、今の世界が終わって次を期待するからだと思うんだよね。でも終わりは来ないし、次の世界も来ないよ。昔、夏休みが終わる時に思ったけど、8月31日の次は9月1日が来るだけなんだよ。淡々とした時間の連続があるだけで、終わりも始まりもない。そのことを言いたいだけなんだけど、わりと多くの人は終わりがあった方がいいと思っているみたいかな。

ジェーン　「終わり」に魅了されることってたしかにあるよね。

中野　終わりも始まりもなく、生きている時間を淡々と味わって、生きるということは面白いね、でいいじゃないかと思うんだけど。

意識を副産物として捉える

ジェーン　中野さんの生きるモチベーションはなんですか。

中野　なんだろう。ボーナスゲームみたいなものかな。

ジェーン　生まれて終わり？　そこから先ボーナス？

中野　受動意識仮説なんか読むと余計にそう思えて。われわれは考えるということを意識的にやれるので、前頭葉があたかもセンターのように思うじゃない。そういう意識があるのは確かだけど、今わかっている段階で見ると、たまたま副産物みたいな形で意識ができただけで、生きるという意味では意識なんてなくても生きていける。

ジェーン　あー。心脳問題にも関わってくる話だ。

中野　そうそう。意識はわりと変容するし、その満足のためにいろんなものを犠牲にするのと、生きていることをそのまま重要視するのとは、だいぶレイヤーが違う話。意識の方に目が向くようになってきたのが二十世紀くらいからの流れだけど。あまり自然ではない気がする。

ジェーン　なんとなく大事なことの輪郭が摑めてきた。すんごいぼんやりだけど、これは逃さないようにしよう。

中　野　人間が分子機械だとするじゃない。そうすると人間が動く、それ自体がすごくて、そこに意識なんてついちゃったらもう、おおこんなものをよくぞ作りました、って思う。苦しいとか、不当に扱われて悔しいとか、あいつむかつくとか思ったところで、それすらもすごいファンクションなのね。感じられてよかったねって思う。こんな機能なかなか人工知能には実装できない。

ジェーン　ほうほうほう。意識、つまり心の動き自体がボーナスポイントってことね。こうやって「わかった！」ってなるのは鳥肌立つほど気持ちいいな。

中　野　そういう気持ちのよさという報酬が、考えたあとには待っているんだよね。

ジェーン　あ、そうか。

中　野　こういうのが何十年も感じられるわけです、人間は。

ジェーン　しかも金も使わない。みんな大好きなプチプラ。

中　野　本なんて、言ったって、普通は３０００円もしないよ。ディオールの口紅一本より安いんだよ。

ジェーン　夜の外食一回より安い。

心とはなにか。意識とはなにか

ジェーン　「生まれた先の意識はボーナスゲーム」って、生きていること自体を感じられるのは体の器官が動いているからこそで、感じられたところから先はボーナスポイントみたいなものだってことだよね。意識の質がなんにせよ。

中　野　もともとの持ち点が80点くらいある感じと思っているよ。

ジェーン　生きているだけで、機械としてよく動いているわけだからね。中野さんが書いた脳に関する本を何冊か読むと、どうしても「で、心はどこにあるの？」となる。で、調べると心脳問題という大きなテーマがすでに語られていることを知るわけです。昔からある。

中　野　あるんですよね。

ジェーン　ただ、どっから入るかが難しくて。科学だけじゃなくて哲学も絡んでくるじゃない。ちょっと前に哲学者・鷲田清一さんの本を読んだんだけど、びっくりするほど難しかった。でも三回くらい読んだら、ある時パーッて視界が開けるように理解に至る。

中　野　面白いよね。

ジェーン　あれ気持ちいいね。何回も何回も読んでると、ふとした瞬間に膝を打てる。

中野　本当にそうだね。経典もそういうところがある。仏教に関わる人たちがわりとそういうことを言うね。なんのために生きるのか、幸せとはなんなのか、涅槃《ねはん》を目指す、とかね。あれ？　涅槃って死のことじゃなかったっけ？　とか思いながら読むわけですが。

ジェーン　化城《けじょう》という概念があってね。なぜか宗教の話をしますけど（笑）。宗教の話すごく大事。

中野　多くの人が信仰する仏教という宗教がありまして。その元祖ともいうべきえらい人に釈迦という人がいました。

ジェーン　大丈夫。そこまではついていける。

中野　（笑）。その人がいろんな経典を残した。まあ、弟子が編纂したりしているわけだけど。編纂したうちのひとつに法華経があります。化城というのはそこに出てくる概念なのね。リーダーが人々を砂漠のなかで率いて、幸せになれるという場所へ導いていく旅をする。食べ物が尽き、悪条件が重なって、みんなが旅なんかもうやめようと文句を言う。その時、リーダーは神通力《じんつうりき》で城を出すんです。神通力、というのはまあこの辺は仏教説話なのでね。旅の一行は、その城で一晩の安らぎを得たあと、朝になって気づくと、その城は消えている。この城が、化城です。そして旅は続く、ちゃんちゃんちゃんという話。

六本木ヒルズの上に化城があった時代は楽だった

中野 この話を知って、それってドーパミンじゃんって思った。よく考えると、あれ、この一行は本当にこのあとゴールに着くの？　と思うんだよね。ゴールにたどり着いたら、そこはまた化城なんじゃないの？　って思うわけ。ちゃんとしたゴールの城なんて、本当はいつまで経っても現れない。なぜなら私たちはその城に着いたら、それを壊してしまうようにできているから。出て行くしかない作りだから。それでも、ゴールに見せかけた化城がないとダメなんだよね。ドーパミンが分泌されず、生きていくことができない。

ジェーン よく生きるってそういうことなのかもしれない。

中野 指針が欲しいんだよね。

ジェーン ガンダーラ。

中野 ガンダーラだね！

ジェーン　ガンダーラが欲しい。

中　野　実際のガンダーラが、タリバンが壊して占拠したカンダハルであったとしてもね。

ジェーン　十年前まではガンダーラの形状が結構はっきりしていた。これさえやってればガンダーラ行きのチケットが買えるって感じだったのに、経済が覚束《おぼつか》なくなったら「あれ、ガンダーラってどういう形だっけ？」って。化城の形があやふやになった。六本木ヒルズの上に化城があった時の方が絶対楽だよ。

中　野　IT長者がたどり着いてね。

ジェーン　与沢翼があの形態の化城の終わり。

中　野　シンガポールに移住するとかも流行ってたけど。

ジェーン　どうも違うらしい、みたいなね。

中　野　当然学歴でもない、IT長者になることでもない、みんなから称賛されることでもない。じゃあなんなのってところがはっきりしない。

ジェーン　物語性が失われてきてると感じます。

中　野　うん。その物語を提示する人は、昔は大儲けできたけど、それもだんだん化けの皮がはがれてきたね。自分の物語を自分で探さないといけない時代になりました。でも、逆に考えると、自分で自由に考えていい時代とも言える。

ジェーン　そこで冷笑する側に回ると面白くないね。

中　野　お前あれに騙されている、みたいに言うと賢くは見えるよね（笑）。見えるもの……。

ジェーン　冷笑によるポジショニング。中野さんの話は聞きようによってはペシミスティックだけど、科学者だからデフォルトの設定が非科学的な私とは違うんだな。

中　野　たしかにそこはわりと、はしょってるかも。生きてるだけで80点みたいなふうに本当は思っているんだけど、わざわざ書いてはいないんだよね。だから、読み手によっては冷たい人に見えてしまいがちな書き方かもしれない。

ジェーン　すべての身体器官がうまく連携して回っている状態を奇跡と捉えると、意識とかどう生きるかとかは別の段階の話になるね。「自分の体のどこに心があるのだろう？」なんて、体に問いかけることではないのかもね。「心という意識と身体機能は別もの」と考えることでかなりスッキリした。

意識は他者との関係性のなかに生まれる

中　野　機能としての「生きていること」をそのまま認めていいと思うんだよね。でも意識があまりにつらさを感じる時、つらさのあまり、生きているという機能を阻害したり傷つけたりしてしまう人がいる。いやいや、機能として生きていることってすごいことだよと念を押したい。意識がつらくてあがくもよし、でもあがかなくても生きることは続くよって。

ジェーン　うまく言えないけど、自分の内側にガンダーラを探したらダメだな。鷲田さんの本に、自分自身とは、他者との関係性のなかにしか生まれないと書いてあって、すごく腑に落ちたのね。自分なんて自分のなかにはないんだと。外界との関係性に自分というものは定義される。

中野　哲学者の話って面白いね。

ジェーン　意識のバリエーションって、生まれてからずっと一人だとどうにも立ち上がらないんじゃないかな。立ち上がったところで、そこに誰もいなかったらなんにもならない。誰との間に、なにとの間に自分を置くかで立ち上がる意識は変わる。

中野　伊藤計劃《けいかく》さんの小説『ハーモニー』は、ネタバレでオチを言っちゃうと、意識を全部オフにしましょうという話で、意識がなくなれば苦しみを感じることもなくなるという結論に基づいて行動する女の子が出てくる。一理あるなとは思うけど、そもそも、私は素朴に疑問に思ってしまったんだよね。よほどの苦しみがあるならば、あるいは、と考えなくもないけど、すべての苦しみをなくすための処方箋が意識をなくすことだ、なんて安直に思うかな？　思わないよね。

ジェーン　思わないね。

中野　苦しみがあってもそれを生きている証拠だと味わえる方がいいんじゃないかな。

ジェーン　自傷とまではいかなくとも、意識が身体機能のパフォーマンスを変えることってあるよね。それについてはどう思う？

中野　ネガティブ感情は、回避行動を個体にとらせる必要があるから、ポジティブ感情より強く不快に感じられるのは確かだけど。

意識の有無は、私たちの前頭葉の大きさにも関わりがあるかもしれないんだよね。ヒト以外の動物に意識があるのかないのか、という問題もあって。仮に、知能の高さが意識の有無に関係あるとすると、脳がある程度大きくないと意識は立ち上がってこないことになる。でも単に大きいだけでは知能が高くはならない。脳の相対比、という考え方があるんだけど、これは、脳の容量が体の大きさに比べてどれだけ多いか、という尺度のこと。体と比べて大きく重い方が、知能が高くなるという傾向がある。

ジェーン　恐竜は知能が低いっていうもんね。

中野　そうそう。脳容積の絶対量でいったら大きいはずなんだけど、相対比が小さいのね。実は、ヒトでも弱い相関ながらもそういう傾向が見られるらしい。そういう論文が2005年の『サイエンス』に載ったことがあってね。まあ、自分も含めて東大女子の頭はやっぱり大きい傾向にあることがなんとなく腑に落ちたというかね……。

ところが、ネアンデルタール人と現生人類の脳の大きさを比べるとネアンデルタール人の方が脳の容積が大きい。体の大きさがそう違わないことを考えると、ネアンデルタール人の方が知能が高かったことになる。けれども、現生人類の方が今生き残っていて、どうも知能も高かったということになっている。これはどういうことなのかというと、前頭葉の大きさがずいぶん違うことが最大の要因なんじゃないかと。骨格を比較してみると、現生人類の方が前頭洞が顕著に発達して丸く出てる。長くなったけれど、ここが、「意識の座」と今現在、言われているところです。本当はどうなのか、議論は尽きないようだけれど。

で、この異様に発達した前頭前野が、現生人類のいわば武器というか、強みだったんじゃないかと言われているわけなのね。じゃあここが発達しているとなにが違うのか。知能の高さもさることながら、社会性の高さも同時にもたらされる。

前頭前野の機能は、外側が合理性や計画性、底面の眼窩《がんか》部分が共感性やコミュニケーション、よりよく生きるとか良心の部分は内側にあるとこれまでの研究が示唆している。この良心の部分というのは面白くて、そこが満足しないと後ろめたい感情や気持ちの悪さ、自分が悪いことしたなというストレス反応が起こり、ストレスホルモンが上昇したりします。どうしてこんな機能を持っているかといえば、利他性が薄く、合理主義的に自分のことだけ考えて生きる個体ばかりになると、私たちはそもそも哺乳類な上に特に成熟に時間がかかる種なので、弱い個体、つまり妊娠したメスと、未熟な個体——子供から先に死ぬ。要するに、その世代からあとが続かないので、種ごと滅びる可能性が高くなる。今の日本のようだね。さらにいえば、個体が生き延びられるほど、私たちの肉体は強靭にはできていないよね。昆虫みたいな強力な外骨格もないし、筋肉の発達にも限界があるし、逃げ足も遅い。

ジェーン　人間は一人だと生物として弱いもんね。

中野　ヒグマと素手で闘って勝てる人がいたらニュースになっちゃうもんね。

それぞれのベストパフォーマンスを目指せばいい

ジェーン　ある程度の社会性がないと、有効な生存戦略さえ立てられないのが人間ってことか。今ちょっとハッとなった。器官が活発に動けば、結果として絶えず意識は生まれちゃうわけじゃん。いわば意識は産廃だよ。生きるという行為の産廃として意識がバッと出る。それが誰との間に立ち上がるか、どこに置かれるかによって機械のパフォーマンスが変わるなら、なんのために生きるかといえば、機械にベストパフォーマンスをさせるためだ。

中　野　そうだね、まさに。

ジェーン　機械のパフォーマンスを落とすような生き方はダメなんだろうね。

中　野　原則的には、ダメと判定するように機能するだろうね。

ジェーン　さっき言った「よく生きる」ということに対して強い希望を持つタイプの脳とそうでない脳がある。人それぞれ脳の特性が違うなら、それぞれの脳がベストパフォーマンスできる状態に保つのがよろしいな。私は「よく生きる」を指針にしている方がうまくいくし、それをやめたらたぶん病んでくる。そして身体機能が低下する、と。

中　野　人にはそれぞれのパフォーマンスのベスト値があるんじゃないかな。例えばトランプ大統領に「そんなふうに生きるべきじゃない」とどれだけ多くの人が言ったとしても、彼はあのバランスで生きていってしまうと思う。

ジェーン　私たちが他者にできることは、その人のパフォーマンスがベスト値になる環境整備の手伝い。こっちから押し付けることではなく。

中野　そういうのはいいよね。油足りてなさそうだからよかったらこれ使う？　くらいの距離感で。

ジェーン　それぞれのベストパフォーマンスを生み出す方法が異なるなら、押し付けの過干渉はやはり得策ではないな。ただ社会性があるからこそ、私たちは共存し発展したわけで。一日二日誰とも話さないと、口がうまく回らなくなることあるじゃん。つまり、身体器官がベストパフォーマンスをしなくなる。他者はある程度必要なんだろうな。「心」ってよくわからなかったけど、中野さんが「意識」と言ってくれて助かった。「意識」でパカーンってわかった。

中野　それにしても理解の速い人。

ジェーン　話してると楽しいよ。だからずっとＬＩＮＥ。

中野　トイレに行く時間も惜しい。

ジェーン　私トイレでやってるよ。ばれないし。

中野　そうだね。私も今度からトイレ行くわ。

社会性が必要ない時代が来るか

ジェーン　今日はすごくスッキリした。化城が本当の城でないことに不安は覚えるけど、自分の機械がベストに回る化城を目指せばそれでいいんだ。

中野　それでいいと思う。それぞれの化城を持てばいいんだと思う。

ジェーン　みんなで同じ化城を持つことはギブアップした方がいいね。社会性の意味と定義が変わったな。

中野　社会が続くのかどうかは、実は私は疑わしいと思っているんだよね。もちろん、すぐには終わらないだろうし、あと数百年くらいは続くとは思うよ。でもそのあと、必要なことは機械が仕切るようになっていくよね。つまり、需要があるからその分野は経済的な原則を考えれば必ず伸びることがわかる。つまり、インフラが整っていくので私たちがかつて共同体を作らなければならなかった理由がなくなっていく。妊娠したメスも子供も、当てにならないオスや他の歳のいった個体などでなく、機械が助けてくれるとなれば、私たちはもう共同体を必要としなくなる。集団でいることを必要としない時代に社会性を持っても、もう意味はないよね。むしろ社会性こそがリスクになる可能性すらある。その時、意識がどうなっていくのかという興味がある。

ジェーン　「マトリックス」みたい。あれ、嫌な映画だったね。「この世界は嘘かもしれない」ってさ。あー確かめようがない、疑心暗鬼にさせるやつ来たーと思って。

中野　実は、私はあの不安感なんともいえず好きだった。どっちが本当かわからない。岡嶋二人《ふたり》さんの80年代の小説で『クラインの壺』というのがあって、これもまさに裏表わからなくなる系のミステリなんだけどね。あらすじを言ってしまうけれど、ゲーム開発会社が3Dのバーチャルリアリティを使う設定なんだけど、途中で被験者の女の子が死んでしまう事故が起きて、被験者の男の子が真相を探ろうとする。ところが、バーチャルの世界のなかに再び入って元に戻ると彼女は生きてる。あれ、夢だったの?? と思うが、してるはずのピアスをしてないとかね。

ジェーン　どっちがどっちかわからなくなっちゃう問題だ。

中野　わからなくなって、最後、自分の頭を撃って確かめよう、というところで終わる。生きてたらバーチャル、というわけなんだけど、小説は、引き金を引くシーンで終わってるの。真相は、わからないまま。

ジェーン　ひー。つくづく意識は副産物なんだな。主体は体。意識が主体で体が副産物と思うとおかしくなる。それだけメモしとく。すぐ忘れちゃうから。「意識は体が動く時に出る削りかす」と。

ジェーン　冬に出てくる皮膚の粉みたいな感じかなあ。

中野　垢だね。機械が動いている証の垢だ。垢であり産廃であり削りかす。機械のなかに心を見つけようとしたら絶対ダメ。これも書いとく。私は機械の管理人だもんね。

ジェーン　あとは楽しみですよ。恋愛はオプション。

中野　オプションに足とられがちだけどね。

ジェーン　そうよ。オプションが原因で自殺とかしないで。

中野　オプションのせいで機械を壊すの意味ない。そして意識は環境と他者がないと立ち上がってこない。気持ち悪い多様性の容認は人の懐にうわーって手を突っ込んでくるけど、機械の不具合に対してのサポートなら、立ち入りすぎないで済む。共存しないと生きていけない生物なんだと思えば、他者のサポートは結局自分のためになる。

中野　心理カウンセリングは整体みたいに、ここをゆるめると筋肉うまく動きますよーというようなことをその人の意識に対してやる感じだよね。

ジェーン　心揉み、意識揉み。「おかしいことをする人はみんな寂しい」って友達が言ってたことがあって。一人だと意識が暴走しちゃうんだね。

中　野　なるほど。その苦しさはなかなか埋められないね。

ジェーン　寂しさって、「喜ばしい意識は外界との良好な関係の間に立ち上がる」ってことを知っているのに、それが立ち上がってこないから感じるものなんだろうな。

中　野　共感されてる実感がないんだろうね。でも、本人は苦しいとは思うけれど、寂しくなければ出せないパワーもある。

ジェーン　たしかに。

情緒過多なエンタメはもう受けない？

ジェーン　私たち共通してないところがたくさんあるけど、唯一あるとしたら、情緒過多な状態が苦手という共通点がありますね。

中　野　あーダメね。私、できれば中立的な科学の言葉を使いたいし。

ジェーン　大きな情緒を使って話をするのが得意じゃないんですよね。単純に得手不得手の話だとは思いますが。

中　野　寄ってこられるとさっと逃げちゃう。向かってこられると、あえて無味乾燥な言葉で言い直したりして。

ジェーン　でもちゃんと自分に酔えるって想像力が豊かな証だと思うので、物語を生む作家には必要かもしれない。

中　野　そうね。でも私、そういう作家はだんだん受けなくなると思う。

ジェーン　どうして？

中　野　ひとつの理由としては、匿名のネット情報で、ただで読めちゃうから。

ジェーン　ドロドロしたことを小説で楽しむ必要ない、と。

中　野　うん。もうひとつは社会が変容してて、そういうものをそもそもうあんまり必要としていない、ような。

ジェーン　市井《しせい》の欲望が明け透けになっちゃってるのも一因なのかな。じゃあなにが次のエンターテインメントになるんだろう。

中　野　政治がエンターテインメントになるのはやだね。

ジェーン　アメリカはそういう国だ。

中　野　無関心よりいいのかもしれないけど、みんなが変な関心を持つのが一番怖いな。ただ、私が反対したところで、そうなっていってしまう流れなんだけれど……。でも、少しでも誰かに響くことがあるかもしれないから、一応言っておこう。政治をエンターテインメント化するのは、私は反対。

ジェーン　さて、これからどんな世になっていくのか。またお話しできたら嬉しいです。

田中俊之

1975年生まれ。大正大学心理社会学部准教授。博士（社会学）。内閣府男女共同参画推進連携会議有識者議員、渋谷区男女平等・多様性社会推進会議委員を務める。著書に『男子が10代のうちに考えておきたいこと』などがある。

男性の自殺率が圧倒的に高い

ジェーン　最初に田中先生を知ったのは、男性が弱音を吐けない理由とか、男性が社会から受ける〝圧〟についてお話しされているのをネットで読み、よくぞ話してくれました！　とツイッターで拡散したんですよね。その後、対談でご一緒しました。その内容はサイボウズのサイトで今も読めます。あれから三年。実感として変わったことはありますか？

田　中　正直、まだまだ認知度は低いですが、一定程度の批判が出るくらいには男性学も知られてきたかなとは感じています。スーさんのように、よく話してくれました！　と思ってくれる人がいる一方で、男性の「生きづらさ」という問いの設定に対する反発もあるんですよね。

ジェーン　どんな反発ですか？

田　中　大きく二種類。ひとつは女性の方が大変なのに、男性が生きづらさを主張するのか、という意見。

ジェーン　どっちが生きづらいか問題ですね。

田　中　もちろん、日本のように根強く女性差別が残る社会では、男性の「生きづらさ」

を問うこと自体に違和感があるのは理解できます。ただ、常々、スーさんも言ってくれているように、男性の生きづらさと女性の生きづらさはコインの裏表です。例えば、3歳までは母親が子育てに専念すべきという「3歳児神話」は、定年までは父親が会社で働いて家族を養うべきという「大黒柱神話」とセットで成立していますから、どちらかだけを解消することはできません。男性学を通じて、性別が自分の生き方に与える影響について、男性が主体的に考えられるようになるきっかけを作っていきたいと思っています。

ジェーン　もうひとつの反発は、これは僕としては受け容れ難いのですが、そもそも男性は生きづらくないという批判です。

田中　以前よりたしかに男性学への社会的な関心は高まりましたが、ここからどう議論を深めていけるかが課題です。

ジェーン　水面下にあった男性学が注目され始めたからこそ、いろんな声が出てくるようになったんでしょうね。前進ですね。

田中　今まで認識もないからリアクションもないわけで。認識されてリアクションがあること自体、前進だろうと思います。

ジェーン　念のため、男性学とは？　を簡単に説明してください。

田中　男性が男性であるがゆえに抱える悩みや葛藤といった問題を、社会構造や歴史的背景と関連づけて考察する学問です。わかりやすい例が自殺です。日本では90年代後半から2010年代前半まで十四年連続毎年三万人が自殺しました。内訳を見ると、女性が一万人に乗った年は一度もない。常に男性が二万人以上亡くなっています。

ジェーン　七割くらいが男性。

田中　同じ日本という社会を生きていて、性別が違うだけで自殺者数がこれほど違うのは、不思議なことです。男性という性が原因となって自殺行為が引き起こされていると考えなければ、この差は理解できません。

ジェーン　自殺者の七割が男性であることが、今まで大きくは問題にされてない。それ自体が恐ろしいことですよね。

田中　過労死や過労自殺など、あってはならない事態に対する世間の反応も、性別や年齢によって差があると感じます。そもそも、「おじさんは疲れている」とみんなから思われています。おじさんに対する固定観念です。だから、働きすぎて多少の無理をしていても、本人も周りも「普通」だと受け止めてしまいます。疲弊しているのが「当たり前」のおじさん集団のなかから、体を壊す人が出てきても誰も驚かないし、過労死や過労自殺といった深刻な事態でさえ、第一報はニュースで大々的に報じられても、継続的に取り上げられることはほとんどありません。大手スーパーで働く40代の男性が過労死した時などは、本当に小さくしか扱われませんでした。続報もなしです。みんな生きるために働いているわけで、働くために生きているわけではないですよね。だとすれば、性別を問わず、働いて死ぬことがあってはいけないはずです。男性自身が、自分を雑に扱ってしまっている側面もあるので、まずは自分に優しくと言いたいですね。

ジェーン　おじさんは別のところで得をしてるから、多少は雑に扱ってもよいと思われているところ、たしかにありますね。だけど、そこで「得してる部分もあるからしょうがないですよね」なんて言う男性はほとんどいない。だって、得してる男性ばかりじゃないから。差し引きして有り余る得をしてる男性は一部でしょ。そして、損ばかりしてる男性に溜まったストレスは自分より弱者に向けられる。女、子供、小動物が攻撃対象になりかねないわけです。だからどっちか片方の問題だけが解消されればOKとはならないんですよね。背中合わせ。

こういう話をすると、「ジェーン・スーは名誉男性だ」と言われることもあるんですよ。女として世に出てるのに、フェミニズムを前面に押し出さないって。でも女性が自己決定権を持つ性差別のない社会を目指すなら、片方のことだけじゃ解決できない、両方の置かれた立場を慮《おもんぱか》っていかないと達成できないだろうと思うんですよね。

ピンとくるか、こないか

田中　男性は女性より社会的地位を得やすく、当然経済的優位さも伴っているので、自殺や長時間労働は特権に対するコストだという話が常にありますね。ところが現状ではその特権が減じている。

ジェーン　亡くなった大手スーパーの方が高給をもらっていたかといえば、命を賭《と》すほどの額ではないでしょう。特権を持つ代わりにコストを被る層と、特権を持たない代わりにコストが発生しない層、という簡単な二項対立じゃないとも思いますし。

田中　そういう意味で、不公平感なく是正していく形を、まだ私は明確にはイメージできないんです。性別間のそれが解消されても個体間での不公平感は残る。なにをもって平等とするかですね。日本の場合、同期でも、女性よりも男性の方が早く出世します。フルタイムでさえ、男性の賃金を100とした場合、女性の賃金は70ぐらいしかありません。男性が30万円なら、女性は21万円ということで

ジェーン　す。職場で重要な役職を与えられていないことは明白ですから、総合職と一般職の区別をなくして、平等に仕事をする機会を提供する必要があるでしょう。

なるほど。たしかに機会の平等を達成するのが先決ですね。だけど、こういう言い方は不適切かもしれませんが、より結果がシビアに出る社会になるとも言えますね。一方で、女性の管理職を20％に、30％に、と努力目標のように言われているのを見ると、寝言かとも思ってしまう。「あらねばならない」というレベルの話ではないと思うんですよ。今、企業と個人の対峙の仕方が昔と大きく変わってきて、企業と個人は一対一の関係になりつつあるじゃないですか。企業はすべてのことに当事者意識を持たないと炎上を生みかねないわけです。それを防ぐためにも働いている人の多様性が不可欠なはずですが、そこにピンとくる経営者が少ないんじゃないかと。

例えば、誰かが「これはマズいんじゃないか」と思った時に、「そうですよね」ってピンとくる人、同意する人が誰もいないと、たった一人でなぜこれがマズいかを説明して回らないといけない。毎度毎度それって、すごいカロリーですよ。社内を説得する時間で他の仕事をする機会が潰されていく。そうなるとやっぱり「一人で声を上げるのもなぁ」と億劫になることもあると思うんです。結果、見過ごされてオムツや生理用品のCM炎上につながっていく。そういうこともあるんじゃないかな。あれを見て「よく社内の会議を通ったな」と思ったけれど、決定権を持つ人以外にもピンとくる人が少なかったんでしょう。でもそれは、ピンとくる人がいなかったというわけではないんですよ。ピンとくる人の層を厚くしないと、こういうことがまた起きる。

田中　それは僕も全く同感です。とりわけ「一流」と呼ばれるような企業では、中高一貫の「名門」男子校で教育を受けた「有名」大学出身のおじさんたちが、同質的な集団を会社でも形成しているから、スーさんのおっしゃるような事態が起きるわけです。ジェンダーをめぐる問題は、一番届けたい人に絶対届かないという問題がある。まずアンテナが向かない。あとここは三年前とあまり変わってないと思うんですけど、経済や政治など大きなことは語りやすいのですが、生活に視点を落として物事を考えるのが往々にして男性は苦手。だからピンとこない。

ジェーン　大きい話をしてないとっていうのは、三年前の時も、先生話してらっしゃいましたね。

田中　そのことは変わらなくて、自分たちの生活というところに視点を落として物事を考えるということがどうしてもできないという。それは最近でいえば講演会のお客さんに男性も増えましたけど、それでも男性学というタイトルがついていても聴衆の七、八割は女性ですからね。感想で、今日の話は夫にも聴かせたかったとなる。いかにピンとこさせるか。

ジェーン　大きいですよね。でも、参加した女性にとっても田中先生の話を聴いていて「あっ」と気づくことがあると思う。自分のなかのダブルスタンダードとか、「男でしょう？」って簡単に言ってしまったりすることに対して。

ピンとくるかこないか問題でいうと、二十年くらい前に留学してた時、友達が白人男性から「僕はリベラルだから君たちのようなアジア人とも分け隔てなく話すんだよ」って言われたんですよ。この話を聞いた日本人の九割九分がムッとすると思いますが、当事者ではない人のなかにはムッとしない人もいるという。なぜかというと、ピンとくる環境にいないから。事例を見たことがないから想像力が働かないんですよ。

多様性は、これまである種の倫理観に基づき重要とされてきましたけど、今はピンとこないと企業自体、存続が危うくなりますが大丈夫⁇ってところまで来てるように思います。損得勘定でしか考えられない人たちには「倫理や道徳の問題だけでなく、損害出るレベルだけど？」と伝えて回りたい。実際、私もいくつか

ＰＲ企画の依頼をいただいた際、「このままだと大炎上するのでは？」と疑問を呈したこともあります。担当の女性は「マズいと思ったけどそれを共有できる人がいなかった」って。

田中　ピンときても、一人じゃダメなんです。みんなで共有できないと。

ジェーン　エネオスの「安い電気に替えるか、稼ぎのいい夫に替えるか」というＣＭは炎上しかけたけど、他みたいに大きな騒ぎになりませんでしたね。同じジェンダーハラスメントという概念で説明できるＣＭですが、女性が差別されていることに比べれば、あまり注目されない。男性に稼ぎを求めることは、女性に家事・育児をしなさいと言うのと同じなんですけど。

田中　「稼ぎのいい夫に替える」という発想は、妻が夫ほど稼げないという前提ありきですよね。夫が働いた方が稼げるという社会構造があの家庭に表れている。男性だけではなく、女性もバカにされてるＣＭだと思いました。

あるべき姿、未来をビジュアライズ

田中　たしかに、今はまだフルタイムでの共働きが少ないので、家事や育児をＣＭでどう描くかは難しいと思います。男性はどちらもあまりやっていないので、現実に合わせれば登場しなくても当然です。

ジェーン　企業CMとして現状をそのまま見せるべきか、あるべき未来の指針を見せるべきか、が問われます。批判されたオムツのCMのような地獄が「主婦のよくある一日」という、この現状をなんとかしましょうというコピーならともかく、一番の問題は「その時間が、いつか宝物になる」というオチにある。言う方は楽ですよね。人間の想像力なんて所詮知ってることとの組み替えで再構築されるだけだから、見たい未来の片鱗はある程度ビジュアライズして提示しないと変わらないと思う。ファンタジーとしての強い男やしおらしい女が消費されるのは個人の自由だからいいと思うんですけど、それだけしか目に入らないのはちょっとキツい。

三年前に田中先生と対談した時には中高年の男性がレジ打ちをしていると反射的にかわいそうと思ってしまう気持ちが私のなかにありましたけど、今や東京では男性のレジ打ちは日常的に目にしますよね。ジェンダー的に平等になったというより経済が停滞しているのが主な理由なんでしょうけれども。目が慣れたら「かわいそう」という目では見なくなりました。日常で目にすることがいかに人の意識を変えるかってこと。オムツの話でいうと、パンパースの世界、P&Gが作ったCMには「子供は社会全体で育てるもの」というメッセージがある。それがリアルかどうかは別として、見せる、見せたことでみんなが共有して、見せられたことで初めて具体的に我がこととしてイメージできるようになるんだろうなと。

田　中　なるほど。目を向けさせるという点では、スーさんが原作を担当した漫画『未中年』は主人公が中年の女性でした。あまりないことですよね。物語があるから、男である僕でも、この世代の女性が抱える葛藤が理解できて非常に面白かったです。

ジェーン　ドラマが話題になった『逃げ恥（逃げるは恥だが役に立つ）』も、原作の漫画がとても斬新だった。結婚したら家事が無償になるのは好きの搾取というくだりとか秀逸でした。

田　中　結婚や子供について、個人が選択する時代になりました。でも、独身で子供がない場合、中年以降の人生をどう生きるかについては、未知の領域です。物語が新しい生き方を創造していくんでしょうね。

ワンストライクは互いに見逃そうよ

ジェーン　一方で、エンターテインメントでは過去に戻ろうとする動きも目に入ります。昔はあれが許されててよかった、みたいな。

田　中　テレビは特にそうですね。

ジェーン　地上波で女の裸を出せ、とか。あの短絡的な思考は誰もピンとこない恐怖の典型です。比較的リベラルと見られている芸人さんが「昔みたいにテレビでおっぱいが見たい」と発言したり。本人は面白いと思ってるかもしれないけど、コンプライアンスに縛られない自由な表現＝おっぱいじゃないでしょと。

田中　芸人さんの世界は、単純に男女比の点でも、競争に勝つことに価値を置く点でも「男社会」です。だから、そういった発言が自然と出てきてしまうのだと思います。

ジェーン　と同時に、ピンとこなかった人の「うっかり」をすぐに責めないのも大切かも。ワンストライクまでは互いに見逃そうよというセンスが必要なのかな。男性も女性もなにかあったら怒るべきというのが今の風潮として強いけど、我慢すべきではないという部分では私も賛成ですが、目的が感情を発散させることなら、チャッカマンみたいな怒りは仇になるだけでしょう。

田中　結局、その場で感情を吐露してスッキリしたいだけなんですよね。怒りを表明して、そのあとにどのような影響があるのかを考える必要はあるでしょうね。

ジェーン　興味深いのは、ラジオで私が強い語調で喋ると拒絶反応が来るけど、同じことをフラットに言えば来なかったりするんです。言葉じゃなくて語調に発情されているなと思うことがあります。自分もそういう時はありますし。

田中　脊髄反射ですね。1975年に、ハウス食品工業（現ハウス食品）がインスタントラーメンのCMで「私作る人、僕食べる人」というフレーズを使って、女性団体から抗議を受けました。この年が国際婦人年だったこともあって、なぜこうした表現が問題なのかについて、議論が深まるきっかけになりました。スーさんが言うようにワンストライクは見逃さないと、炎上すると謝罪して終わりになってしまうんですよね。

ジェーン　一度間違えたら終わりのワンストライクアウト社会は厳しいですよ。ピンとこない人でも即断罪しないように、私も意識しないと。ピンとこない側も、アウトと言われた時に人の話に耳を傾けるだけの余裕を持たないと変わらないとは思いますが。これもセットだな。

遊びやスキを作るには

田中　多様な人が生きやすい社会を作るには、当然、それを支える寛容さが必要です。今の日本は、一見すると「優しい」人が増えていますが、その寛容さは無関心と表裏一体かもしれません。大切なのは他者への敬意と開放性をベースにした寛容だと思います。

ジェーン　仲良くする必要はないんですよね。尊重するだけでいい。それによって機会の均等は約束される。

田　中　「〜しなければならない」に自分を当てはめて、安心する人も少なくありません。でも、結婚しなければ、子供を作らなければ、一人っ子はかわいそうだから二人目を作らなければ、賃貸ではなく持ち家を購入しなければ、と追求したらきりがないんですよ。人はそれぞれ違うわけですから、無理して型にはめ込まなくてもいいのではないでしょうか。

ジェーン　今の自分にOKを出すのは私たちにとって大命題。細かいルールを新たに作りたがる癖もあるし。香典でピン札はダメかと思いきや、ピン札を用意して角を少し折れとか。様式美という名の思考停止。ルール作りが大好きなんだな。そしてルールから外れる人を罰する。様式美と多様性って食い合わせが悪い。

田　中　就活だってあそこまでみんな同じにする必要があるのかと思います。みんな同じ服を着ましょう、バッグを持ちましょうと。就活あるあるなんですが、女子は化粧をしないと「失礼」ですとかマナー講師が言うわけですよ。それはちょっとおかしいだろうって思うけど、スーさんが言ったように、今の日本社会で就活をするというルールのなかで女の子はたしかにきれいにしてた方が有利に進めるからってなっちゃうんですよね。

ジェーン 様式美って本来、洗練された美を極めるために頭に汗をかく作業の上に成り立つはずなのに、今は様式美イコール思考停止になってますよね。男女の役割とかまさにそう。その方が考えなくて楽なんだもん。女は家を守って、男は外で働いて。不均衡でいた方が様式美として美しいということで、ずっと騙されてきた。様式美と多様性の問題。

田中 そして物語も重要なキーワードです。みんな物語が大好きだから。通販でも売るためには物語が必要なんですよ。もう潰れちゃいそうなお豆腐やさんの絹ごしを一口食べたら「こんなにおいしいのは初めてだ!」と感動したけれど、継ぐ人がないから「ならば私が」と一念発起した門外漢の社長が売る豆腐です、とか。楽天とか見るとたいていそうです。訳あり商品もそうじゃないですか。商品に体温を持たせるのがすごく大事。

ジェーン ドキュメンタリーなのかなと思って見てると、気づいたら商品のCMだったたってことよくありますもんね。

理屈にも体温が求められるのかもしれないですね。たしかにダイバーシティに関してはは実際に経験するのが一番ですけど、限界がありますから、物語として見せていく、エンターテインメントとして味わっていくことが必要なんでしょうね。

ジェーン 実際に経験できることは限られますからね。

田中 化粧の話に戻りますけど、先日テレビに出たら「化粧してない奴が何を言っても説得力なし」ってリプライがツイッターで来たんですよ。どうやら50代半ばくらいの男性で、他のつぶやきを見ると満足度の高い生活を送っているとは言えない様子でした。こういう人たちの不満のしわ寄せが、結局女、子供、小動物に来る。私が同世代か年上の男だったら、たぶん言ってこない。

ジェーン 社会全体で遊びの部分が少ないんですよね。共働きの家庭にインタビューすると、家庭と仕事の往復でぎちぎちなんです。自分の時間がないんですよ。持つべきじゃないと思ってる人もいるし。仕事終わったらすぐ家に帰って家事・育児。家事・育児が終わったら会社。でもそれだともたないんですよ。フルタイムで共働きのご夫婦に聞き取り調査をすると、頻繁に出てくる言葉が「回らない」です。

田中 前提が「回す」か。

ジェーン 自転車操業で、外から手を借りるとか、家族の問題を外に開くという発想があまりない。ラジオの相談番組とかいいですよね。誰にもできない話を利害関係なく出せる。

ジェーン　メッセージボトルのようなものですかね。読まれるかどうかわからないけど、とりあえず送る。

田中　人とゆっくり話すのもひとつの解決策ですね。うちの家庭はこうなんですって話して、人から客観的に意見をもらうと見えることがあります。それは当事者だけで話してもなかなか見えてこないことのはずです。

ジェーン　他者を入れるってことですね。欧米では夫婦でカウンセリングに行くと聞きますけど、あれも実際カウンセリングがどうこうっていうより、外に膿を出すことが肝なのかもしれないですね。

田中　マイナビの連載で色々な企業のお父さんたちに会っているんですが、この間サイバーエージェントに行ったら、男同士でもっと家庭について話したいから、今度飲みに行こうって話になって。そういう場もいいですね。

ジェーン　愚痴も言いたいだろうし。

田中　男性だけで集まると、結構話すもんなんですよ。話すだけで気が楽になるってことがあって。気が楽になることを男性は甘く見がちですけど、結構大事です。人の話をさえぎらない、人の話を否定しないというルールを設定すると、結構会話

ジェーン　がはずみます。それだけ普段は、とりわけ男同士の会話では、さえぎられるかも、否定されるかもって構えているわけですよね。

たしかに、男性は否定されることに対して弱い傾向があるような。

田中　そういえば、「さしすせそ」（さすが、知らなかった、すごい、センスいいですね、そうなんですか）で女の人が男の人を気持ちよくさせるという話も三年前にしましたね。聞いた時はふざけんなって思いましたけど、それ以上に「女よりものを知らない状態は、男にとってそこまで屈辱的なのか」とも思いました。自分よりランクの低い女と付き合っていた方が努力せずに彼女を笑わせられるし、彼女の役に立ってると思える。そういう女性といた方が楽だと感じるのはただの怠慢だと思ったけど、あれから三年経って、これは耐性の問題でもあると。男女の繊細さ問題ですよね。繊細なところと雑なところがお互い違う。私も「そこはすごく繊細に扱ってほしい……」というところを雑に扱われてがっかりしたり、こっちはこっちで「そんなに気にしなくいいじゃん」って思った発言で相手にガーンとショックを与えてしまったり。

この間、学生に聞いたら、飲み会の時に女子が使う「あいうえお」があるそうですよ。「あげな〜い、いらな〜い、うごけな〜い、えらべな〜い、おせな〜い」。

ジェーン　「押せない」は酔ってる時にエレベーターのボタンすら「押せない」という意味だそうです。弱った姿を見せることがモテる秘訣だと。

すごいスピードで時代が変わってますね。昔は「普通の女の子」と聞いたら男の子は「経験値も能力も自分より下」と思いがちでしたけど、今はそんな感覚もないんでしょうね。だからもっと派手に「あいうえお」で能力の欠如を自らアピールするのかな。つまり、通常設定として女子が上ってこと。「できません」と積極的にアピールしないとモテないのか。

田中　変化のスピードが速くなってるのに、「女子は男子より下であるべき」というマインド設定は変わってないのが問題ですよね。これ、大きなうねりのなかに問題が点在しているように見えて、実はすべてつながっているような気がします。「さしすせそ」も「あいうえお」も男性の過労死が大きく報道されない傾向にあるのも、すべて各所で勃発しているように見えて、つながってる。

すべてジェンダーをめぐる問題ですよね。でも、それぞれが点としてしか認識されず、線になっていない。

フェアネスを保つためのコアマッスル

ジェーン　先生はこの三年で結婚されてお子さんも生まれたじゃないですか。

田　中　はい。38歳まで独身でしたから、急激な生活の変化には自分でもびっくりします。

ジェーン　子供と女性がいるという家庭内ダイバーシティはいかがですか。

田　中　恋愛と結婚は機能的に違いますね。恋愛は非日常ですから不平等もスパイスになりますが、結婚は日常でフェアであることが大事です。恋愛と結婚を直線的につながるものと考えていると、失敗する可能性が高いと思います。さらに子供ができると、親という役割が増える。一人の人間が家庭のなかで夫と父親の二つの役割を演じないといけない。そうすると当然ですが、親子の関係が増えた分だけ、夫婦の関係は減ります。それを「愛情が冷めた」と受け止めると、ややこしいことになってしまいます。

ジェーン　関係性をフェアに保つ観点から相手を選ぶと、たしかに恋愛相手を選ぶ時とは基準が変わる可能性はありますね。

田　中　パパママ、お父さんお母さんと呼び合うのも悪くないと、自分が父になって思いました。新しい役割が増えたんだと自分で納得できますからね。家事や育児について夫婦で話し合う際には、お互い平等に主張するべきです。「恋人だった時はこうだったのに」と言い出すと話がややこしくなります。恋愛と結婚は別です。

ジェーン　〝倒産させない前提の会社〟を二人で運営してるわけですからね。フェアな状態を保つために、ある種のコアマッスルを鍛えて、ぐらぐらの板の上で互いが努力しながら均衡をとろうとするのかな。それにしても、一緒に住んでそれぞれ働いて子供も育てていくという時点で、結婚というスタイルの維持が都市部では無理がきてますよね。

田中　全くその通りです。都会ではベビーカーで出かけるだけで、本当にうんざりしますからね。人は避《よ》けてくれないし、エレベーターもない。東京は地方出身の方も多いので、祖父母に頼るといっても、そもそも近くに住んでいない。持ち家率が低いので、地域に溶け込もうとする意識も低い。仮に、会社に託児所ができても、車社会の地方と違って、満員電車に乗せていけるわけがない。まだまだいくらでも東京での子育てについて愚痴が言えますよ。

ジェーン　そこを解決できるのは金だ、になってしまうとどうしても詰んじゃう人がいますけど、お互いすべてのシーンでアウトソーシングを許していかないと回らないでしょうね、家事育児を二人で完全にイーブンにしていくのではなく。誰かに手伝ってもらうこと自体はそう悪いことじゃないし、昔からあったこと。例えば子育て経験者と未経験者と子供が何組か集まってゆるい共同体で住んで、働くのがメインの配偶者は参加したければするとか。そのくらいになってもいいと思う。

田中　東京だと共働きの前提であるはずの保育園に入れない子供がたくさんいます。そういうゆるい共同体ができたら本当にいいですよね。

ジェーン　なるほど。それにしても、リスクを背負ってでも子供が欲しいという誰かの奇特な願いに出生率アップが託されるのは得策とは言い難いですよね。

家族やパートナーから解放されて自分時間を

ジェーン　男女が仲良くするにはガス抜きが必要で、それって一緒にいすぎないことが重要じゃないかと思うのですが、とは言え、子供がいるとそれも難しい。

田中　夫婦の距離感は難しいですね。定年退職者にインタビューした時に夫婦円満の秘訣はあまり一緒にいないことっていう声が多かったです。

ジェーン　子育てが済んでからの卒婚、さもありなんですね。

田中　うちは日曜日を午前の部と午後の部に分けて、午前中は妻が、午後は僕が子供の面倒をみるようにしています。今度の日曜、僕は午前中ジムに行くし、妻は午後大学時代の友達と会う。子供とも離れられるし、自分の自由時間も持てる。そういう時間を週に一回作るとだいぶ違いますよ。ただ、日曜日をそのように使ってしまうと、家族全員の時間を別に確保しなければならないのですが。

ジェーン　どう折り合いをつけるか、ですね。私はパートナーと同居しているのですが、つかず離れずやってます。私が稼いで向こうは家事。彼には家事の給与を支払って、比較的早い段階で春闘もやってます。結果、ベースアップしました。

田　中　ストライキ起こされると、生活が回らなくなってしまうわけですね。

ジェーン　やれないこともないんですけど、効率悪いですね。あと、得意なことを得意な方がやればいいじゃんって三年前は思ってたんですけど、得意な方が得意なことをやってもストレスは生まれる。得意というのは効率が上がるだけで、ストレスがかからないわけじゃない。これが新しい発見です。私が稼いだ方が稼げる、向こうが家事をやった方が家事が回る。得意な方が得意なことをやってるってだけなんですけど、それで互いのストレスが解消されるかっていうと、効率とストレスは別。だからこそ、パートナー以外のお面が被れる場所を互いに積極的に作った方がいいなと思うようになりました。

田　中　以前スーさんが、僕の本の出版記念トークイベントに出てくださった際に、「明日いきなり有給を取るとしたらどうしますか」って参加者の男性たちに問いかけましたよね。突然休みになった時にやることがあるか、連絡できる友達がいるか。

あれ企業の研修などで使わせていただいているんですけど、おじさんに響きますよね。やることがないし連絡できる人もいないし大変だって、腑に落ちる。ダイバーシティと言われてもピンときてなかったのに、急にアンテナに触れて俺の話だってわかる。仕事仕事でやっているとなかなか気づけないことです。男の人は仕事さえしてれば後ろ指さされないので。

ジェーン　私だって、とにかく仕事の効率を上げることしか考えてない自分に気づいて、まるで昭和のおじさんみたいだなと思います。いわゆる偶像としてのおじさん。とにかく仕事さえしてれば満足で、仕事の達成感が一番嬉しい。仕事ができなくなったら私のメンタルやばいなという危機感はあります。

田　中　だから、多面的であるようには努めてます。個人が多面的であることが多様性の容認につながるかもしれないし。この三年間でLGBTという言葉もずいぶん認知されたけど、多様性という考え方は浸透したと言えるのかな。

ジェーン　レインボーパレードもニュースで取り上げられていますしね。人の目に入ることは大事です。

一方で、目新しさがないから旧来型の男女の問題は置き去りにされがちなのかもな。

田　中　男女をめぐる問題をいくら専門家が話しても、「俺なりの意見」が出てきますからね。例えば、山中伸弥教授に文句ある人はいないと思うんです。iPS細胞がこうだって話があった時に「いや山中はそう言うけど、俺が思うには」とヤフコメにつけようとはならない。ところが男女の問題は専門家が喋っていても「いや、それは間違っている」とか「大学の教員だから実社会を知らない」とか簡単に批判されてしまいます。百歩譲って僕が文句を言われるのはかまわないんです。問題は感情的でなんの根拠もない話が、幅を利かせる危険性があること。

ジェーン　そういう時こそ数字が大事だ。統計的に見てこうですよ、実際にこれだけ変わってますよ、と数字で見せた方が説得される人もいる。

田　中　そこで社会学の出番なんです。問題の背景には、どのような社会構造があり、歴史的経緯があるのかを、根拠を持って示すことができますからね。

ジェーン　この間公園でピクニックをしたんですよ。友達が生まれて二カ月の子供を連れてきて。隣りの老夫妻が「かわいい子ね」って話しかけてくるところまではよかったんですけど、ベビーカーのなかで暑そうにしていた子供を母親が抱いたら、老夫妻の女性がいきなり「頭の下にタオルを敷きなさい」って言ってきた。これが「見ず知らずの人が突然、当然のように指導してくる問題」かって思いました。

スヤスヤ寝てるからノー問題なのに、突然「母としての経験」をタテにしつこく畳みかけてきた。友達はしれっとしてましたけど。見ず知らずの人が「母乳?」と尋ねてきて「母乳です」と答えると褒められることもあるとか。母親ってキッいなぁ。

田中　飛行機で子供が泣くと、親はなにしてるってなりますしね。でもどうにもならない時ってあるんです。あやそうがなにしようが止まらない時に、全力を尽くして他人に迷惑をかけないようにするのが母親の務めだみたいになってますよね。周りから見られるだけで本当に親はつらいので、泣いている時は何事もないように振る舞ってくれたら気が楽なんですけどね。

ジェーン　私は自分で産むという選択肢は今のところないんですけど、普通養子縁組や里親の制度には関心があって。

田中　虐待や親の病気などの理由で、親と暮らせない子供はたくさんいます。養子縁組や里親制度に関心を持ってくれる方が増えればと思っています。

ジェーン　自分で産むことの尊さが当たり前のようにずっと言われてきましたけど、命を落とすリスクのある行為をこれだけ積極的に推奨されるって出産以外ないですよね。リスクが説かれない。そうじゃないと子孫が繁栄しないからなんですが。

田中　1953年の調査では、子供がいない家庭が養子をもらった方がいいと74%くらいの日本人が思ってました。家を継いでいかなければならないという理由なので、男の子限定でしたけど。母親がお腹を痛めて産まなきゃという意識は60年代くらいから急に普及したものです。

ジェーン　お腹を痛めた子という言い方、よくしますね。

田中　アメリカでは日本よりもはるかに養子が多いですよね。

ジェーン　アメリカに留学中、「アイム・アダプテッド（私は養子なの）」と言う友達が大勢いました。両親は白人で子供は韓国人とか。もちろん本人たちにとってのセンシティブな問題はありますが、オープンでいいなと思いました。

田中　最近は日本でも養子縁組斡旋《あっせん》のNPOがたくさんできてると聞きました。歳とって結婚する人も多い状況を考えると、積極的にやっていい話ですね。

ジェーン　産むタイミングの概念をひっくり返せるチャンスです。でも、私の場合、パートナーから「君は子育てのいいとこ取りをするだろうから嫌」と言われて、たしかにと納得しました。今は週末里親という制度に興味を持っています。

自分のOSはアップデートしているか

ジェーン　最終的に男女が仲良くするためには思考のコアマッスルを鍛えるってことでしょうか。考えることをやめない。変わることをおそれない。間違えた時にふてくされない。自分を刷新していく。アップデートって概念が出てきたのはここ十五年ですが、まさに自分たちをOSとして捉える感じかな。

田　中　でも、旧式のマシンってOSをアップデートできないじゃないですか。いいOSがどんどん出ても、古いパソコンがいっぱいあると旧式の力が強くなることもありうる。OSと同時に本体ハードウェアの能力を高めないと、ですね。

ジェーン　どうしたら高まるのかな。

田　中　何歳になっても学び続ければいいと思いますよ。大学の聴講生になってもいいですし。今は定年を迎えてから大学に入学する人もいますしね。そこまでしなくても、地域で開催されている市民講座に足を運ぶだけで、色々と発見があるはずです。

ジェーン　歳をとってなお、学ぶ姿勢を保たないとってことだ。自分をこまめにチェックしないと。

田　中　そういうふうにポジティブに捉えることができれば、生涯新しい発見がありますね。

ジェーン　コミュニケーション能力は資産の域に入ってきたと思うのですが、好奇心もそうですね。好奇心の有無が生死を分けるようになってきたな。幸い私の父親は好奇心旺盛なのでSuicaでピッピッとどこでも行くし、ユニクロも着るし、昔はよかったみたいなことは一切言わない。楽しそうにやってます。

田中　新しいものを次々に受け入れて、楽しく生きてるお父さんの姿をこれからもどんどん描いてください。それが定年退職後の男性の豊かな生き方としてモデルになるのではないかと期待しています。

海野つなみ

1970年兵庫生まれ。漫画家。89年「お月様にお願い」でデビュー。『逃げるは恥だが役に立つ』（全11巻、第39回講談社漫画賞受賞）は2016年にTBS系で連続ドラマ化され社会現象に。他に『回転銀河』（6巻）、『小煌女』（全5巻）などがある。

朝ちゃんと起きて連続テレビ小説を観て仕事して

ジェーン　以前から海野さんに励まされるところがありまして。というのも、こういう言い方はおこがましいのですが、遅咲き・独身・女という共通項を感じて。そういう人はこれまでもいらっしゃいますが、あまり話題にならない。

海　野　若くして才能がぼーんと開花する方が注目浴びやすいですからね。

ジェーン　海野さんのツイッターを拝見してると、朝ちゃんと起きて連続テレビ小説を見て仕事して、気晴らしにお菓子作って。なんだろう、「うわー！　これが芸術か!!」みたいな破綻がない。クリエイターや創作をする人は、普通の生活はてんでダメというタイプが多い印象ですが、海野さんはそんな感じがしない。そのあたりをお聞きしたくて。

海　野　ようやく一息つかれた感じですか。

そうですね。今ももちろん『逃げ恥』関連のお仕事は入ってきますが、一時期の、特にドラマが始まって一カ月くらい経った頃からの色々な取材は落ち着きました。同じことを繰り返し喋ってましたね。

ジェーン　相手は初めて聞くわけだし、もしくは読む人のために聞かなければならないこともあるのだろうし。一対一の会話とは思えない問いと答えを100本ノックのようにこなさないとならない時期がありますね。

海　野　喋りながら、最初の頃に言ってたことと最後に言ってることが変わったりして。あれ、どっちが本当なんだろうとか。不思議な感じでした。

ジェーン　ちなみに一番聞かれたことってなんでした？

海　野　「周りでこういう結婚をしている人はいますか」は枕詞《まくらことば》のように必ず聞かれました。

ジェーン　そこ?? それびっくりかも。思考実験の漫画としてすごく楽しく読んだので、実際にいるかどうかは、私自身はあまり気にならなかったな。月並みな質問ですけど、いわゆる『逃げ恥』前後で変わったことは？

海　野　それは皆さんに知ってもらえたことですね。親戚で集まった時に「どこで描いてるんや？」「『Kiss』という雑誌で」「知らんのう」「デビューは『なかよし』で」「『なかよし』は知ってるわ」みたいな。それが、今は初めて会う方でも『逃げ恥』で通じる。一連の説明をしないでショートカットできるのがいいなって思います。

ジェーン　私はキャリアも作品数もまだまだ少ないのですが、自分が知らない人が私を知ってる状況のインストールがうまくできてなくて。「逃げるは恥」じゃないけど、「知らない人怖い」みたいになった時期がありました。

海野　顔出しをされていることもあるんじゃないですか。私は顔を知られていないので、町中でちょっとあなたと言われることはまずないです。

ジェーン　テレビはほとんど出ないので、声をかけられることはそうないんです。でも匿名性って一度失ったらどんなにお金積んでも取り戻せないから大事にしないとな、と思って。

海野　海野さんがお顔を出していらっしゃらない理由はあるんですか？　近所の人に言ってないんですよ。東京だったらみんな知らんぷりしてくれるかもしれないけど、大阪に住んでると「あそこに漫画家さんが」ってなるんです。実際近所の中学生二人組が突然来たことがありました。なんで知ってるのって尋ねたら文房具屋のおっちゃんに聞いたって。

自分テリトリーを守るタイプ

ジェーン　地元との密着度が高ければ高いほどそういうことが起きるんですね。これも百回聞かれていると思いますけど、東京に出るという選択もあるわけじゃないです

海野　か。出てこない方を選んだ理由は？

若い頃は東京で一人暮らしをしてミュージシャンと仲良くして、みたいな上京の夢もありましたよ。でも関西は結構大きいからお店もいっぱいあるし、わざわざ東京に行かなくてよくて。あとは友達ですね。仕事と全然関係のない幼馴染みの子と月1とか会って、仕事と関係ない話をしてる。仕事とワンクッションあるのがいいなと思います。

ジェーン　自分テリトリーに対する意識が明快だ。

海野　そうなんですかね。

ジェーン　よくも悪くも、テリトリーで自己拡張する人っているじゃないですか。さっき言ってたミュージシャンと友達になるとか、テレビに出るとか。今まで外野から見ていたものを自分のテリトリーに取り入れる人の方が、どちらかといえば多いと思うんです。海野さんはそれより、「ここ守りたい」って自分のテリトリーを守るタイプですか？　私はそちら側で、一緒にして申し訳ないですけど、独身エンジョイ感もだんだんあれ？　これって自分テリトリーを守ってるってこと？　って。

海野　たしかに自分テリトリーを大事にする人には独身が多いかも。

ジェーン　創作に関わる人には特に、侵されたくない領域が明確にあるとは思いますが、一方で、そこをあえて侵食させていくのが好きなタイプもいると思って。

海　野　意識してなかったけど、今言われてああそうかとは思いますね。

ジェーン　私には学生時代からの友達と会えることが大事で、楽しい時間の質が変わるのも得意じゃない。新しい人でも気が合う人と会うのはいいけど、なんとかパーティーみたいなのは苦手。なんとかパーティー大丈夫な人ですか？

海　野　漫画家なので興味はあるんですよ。自分がそこに行って場違いと思っても、取材として行ってみたい気持ちはある。クラブが流行った時は、踊りもせず、焼肉ピラフ食べて帰ったこともありました。

ジェーン　焼肉ピラフか！

海　野　クラブでうわーってするより、仲のいい友達と自転車で近所に集まってご飯食べて解散って方が楽しくて。

ジェーン　華々しくどんどん広がっていく人を傍で見ながら羨ましい気持ちもあるじゃないですか。行ったことのない店が行ったことのある店になり、ジャンルの違う人と対等に話せる状況を見て羨ましいと思わないわけじゃない。でも、華があるところにいると居心地が悪くて仕方がない。同時に、なぜ私はあっちに行けないのか、

海野　とは思うわけです。

私は昔から華やかなところから一歩引いたあたりに自分の居場所があるなぁとは思ってました。年に一回すごく華やかな漫画家さんのパーティーがあるんですよ。自分的にはそれで満足しちゃって、あとは家にこもって、みたいな感じはあるかもしれません。

人は等しく老いる。そこは平等

ジェーン　働き方のペースができたのはいつ頃ですか？

海野　昔はもっと夜型でした。遅くまで仕事して睡眠時間削って、って感じでしたが、ある時仲良くしてるひうらさとる先生が近況コーナーに、夜九時に寝て朝四時に起きる朝型生活を始めたと書いてたんです。ひうら先生にはお子さんがいらっしゃったからなんですけど、そのことをアシ（アシスタント）さんと話してて「私たちもお肌の曲がり角やん」「どうせ一日どこかで四時間寝るならお肌のゴールデンタイムに寝るのはどうだ？」となって。そこら辺からですね、規則正しくなってきました。

ジェーン　ツイッター見てるとほとんど規則正しいですよ。少なくとも2、3シーズンは。

海野　時計みたいに思われてて、旅行中につぶやかないと、「海野先生がつぶやかないから時間がわからない」って。

ジェーン　BSでNHKの連続テレビ小説を観る習慣はいつからですか？

海野　朝ドラで「ゲゲゲの女房」が漫画家さんの間で話題になって、しばらく観てなかったけど、そのあとからまた観るようになりました。

ジェーン　私は二年前くらいにようやく自分の仕事のペースが掴めてきたところです。ところが、そこで加齢がやってきた。ようやく自分自身のデフラグが終わったらパソコンのOSがやばくなってきた感じ。せっかくペースが掴めたのに、体力や集中力の低下で仕事ができない。どの友達に聞いても同じことで悩んでます。まだまだやる気なのに目が閉店するショック。

海野　漫画家さんもみんな言いますよ。だから仕事は減らしていこうと。毎月やるならページを減らすとか、このページ数やるなら四回やって一回休もうとかって。

ジェーン　自分のペースを微調整していく感じですかね。

海野　病気をしたのでもうムチャできないし。40過ぎると徹夜もしんどいし、体が無理って言ってるところで無理をしても壊れるだけです。

ジェーン　人は等しく老いる。そこは平等ですね。

海　野　「蒸気でホットアイマスク」するとか色々やりますけどね。あとは50代の仕事をしてる方をお手本にしたり。

ジェーン　お子さんがいると、生活スケジュールも変わる。

海　野　ペン入れって、思い通りの線が描ける瞬間があるんですよ。今乗ってるって時に、「ママー」とか子供が言ってくると「えー今??」みたいになるでしょうね。

ロマンチック・ラブ・イデオロギー

ジェーン　だからなのか、私はそこに税金未納感があるんですよ。子供を産みたいと思ったことがほとんどなくて、気づいたらあれ？　みたいな。だけど、40代半ばになって隠れ脱税してるみたいな気がするんです。これってなんだろう、産んでないことより苦労してないことに対する後ろめたさなのか。自分のDNAが途絶えるのは全然かまわないけど、棚卸しをし忘れてる感じがするんですよね。

海　野　でも江戸時代は、半分くらいの人は結婚してなかったって聞きますよ。近代に婚姻制度が確立したから、あれ？　となるけど、それ以前は四男五男は結婚できなかったし、女性も数が少ないのにさらに遊郭に売られたり。

ジェーン　たしかにここ百年の倫理観や家族観に縛られてますよね。戦後七十年以上経って未来に向けて変わっていく時に、『逃げ恥』は大きなインパクトでした。20代の女の子が結婚や出産を考える時に絶対にボトルネックがあるわけで、なんで搾取されなければならないの、とか。そういう人たちにとって、私も含めてですけど、大きなリリーフでした。

海野 一方で驚いたのが、ドラマ最終回近くの「好きの搾取です」に対して「がっつきすぎ」という意見が寄せられたってお聞きして。何巻もかけて描いてきたのに全然伝わってなかったというショックはたしかにありました。でも恋愛ものとして読むかお仕事ものとして読むかで受け止め方が異なるってこともわかって。

ジェーン 好きな人に尽くしたい、優しくしたい、役に立ちたいという気持ちはいいと思うんです。でもそれが結婚問題とごちゃまぜになるとややこしくなる。そのことが鮮明になったので、そこからは割り切って描きました。恋愛至上主義者と私の間には、深くて暗い河が流れているんだな、と再認識しました。そもそも「なかよし」や「りぼん」にはロマンチック・ラブは素晴らしいというのがあったわけじゃないですか。もちろんそうじゃない漫画もありますけど、基本少女漫画にはロマンチック・ラブ・イデオロギーがある。『逃げ恥』に

海　野　行くまでの海野さんのなかではイデオロギー変化ってあったんですか？

私は「なかよし」デビューなので最初は基本王道路線でした。そこから一気に20代読者の「mimi」「Kiss」へ行ったのですが、中高生が読者層の雑誌の〝やらはた（やらずにはたち）は恥ずかしい〟という考えや〝壁ドン〟は、結構危険だと思いながら見ていました。

ジェーン　そうした意識がもともとあったんですね。

海　野　「なかよし」時代から王道からちょっと外れたところを描きがちではありました。担当さんからは「海野さんは外れよう外れようとするから、結果がどう返ってくるかわからない」みたいに言われたし。

ジェーン　デビューが18歳。その頃から作品のなかで疑問を呈示されてたんですね。

海　野　自分の考えを出したいというよりは、ドラマツルギーにおけるひねりですかね。定番の物語との差別化というか。『逃げ恥』はひねってひねってしてるうちに王道になったのかも。

ジェーン　漫画をそうたくさん読んでるわけではないんですが、最近「いいから黙ってろ」みたいな男性の乱暴を許すことがロマンチックとされている感じがあって、気になるんです。それって、私が子供の頃にはそうなかったと。『ときめきトゥナイト』の真壁俊はせいぜい無口。岩のなかから出てきた、みたいなのはありましたけど、真壁俊が蘭世に対してオラオラっていうのはなかった。

海野　どこが始まりでしょうね。「黒」とか「狼」がタイトルに入ってると売れるとか、暴走族の姫が携帯小説の一大トレンドとか。

ジェーン　モラハラでありDVに需要があるのかな。

――（海野さん編集担当）現実が弱くなった。若い子たちがフィクションとして漫画を読むようになってます。今の男の子たちは本当に弱くて、だから漫画のなかにいるような男は周りに一人もいないんですよ。

ジェーン　じゃあ、あれは望んでいるというより、周りにいないからってことなのか。

海野　読み手が大人だったらフィクションとして楽しめるかもしれないけど、若い子が小さい頃から読んでるのは心配ですね。そういう作品があってもいいけど、そうじゃないものも人気であってほしい。

ジェーン　私だって実際にシンデレラやかぐや姫といったおとぎ話にある程度呪われた自覚があります。『有閑倶楽部』のおかげで恋愛しなくても大丈夫っていうのはありましたけど。シンデレラと同時に女の子バージョンのハックルベリー・フィンがあればいいんですよね。私は見つけられなかったけど。

本当の正しさなんてないから

ジェーン　『逃げ恥』は作者の言いたいことを登場人物に丸投げして代弁させせないところも好きでした。

海野　正しさは時代によって変わるので、物語のなかではその都度登場人物が正しいと思うことを描くだけで、誰かが正論を吐いたらそれに対する意見もぶつけたりします。本当に正しいことなんてこの世にないと思ってるからでしょうね。

ジェーン　バランスを考えていらっしゃる。私もそうありたいといつも思ってます。

海野　逆に私は悩み相談を受けるのとか苦手です。私はこう思う、というのはあっても、それを相手に伝えていいのか逡巡《しゅんじゅん》する。スーさんには相談名人のイメージがあります。

ジェーン　私は不遜なんですよ。人にアドバイスできると思ってる時点で相当不遜。そこで私のなかのバランス機能が働きます。喜んでくれる人がいるから成立する話であって、私がなんらかの武器なり力なりを持っていると勘違いしたら絶対ダメだと。かなり早い段階から「壺を売り出したら止めてくれ」って周りには言ってます。あと「こうしたらいいんじゃない」は言わないようにしてて、あなたが言ってることを整理するとこう聞こえるけど、どう？　とかにする。

海　野　相手が喋ったことを整理整頓する感じなんですね。

ジェーン　『逃げ恥』にはそういう整理整頓をしてもらったという気持ちよい読後感がありました。それは意識的でしたか？

海　野　どうだろう。担当さんからは「すぐ畳もうとする」と言われましたけど。それまで人気もなかったし、『逃げ恥』もとりあえず2、3巻できたらいいかな、って。そのくらいの気持ちで始めました。

ジェーン　漫画ってどのタイミングで「これは長く続く」とわかるんですか？

――（海野さん編集担当）『逃げ恥』は始めた時に長くなるってわかってて、その前提で話をするのですが、海野さんはいつも「せいぜい5巻ですかね」とかそんな感じで。長いプロットを言っても「あと一冊でまとまります」なんて。

海　野　自分のなかで描きたいものがあってそれを順調に描くとここまでっていうのが見えるんですけど、描いてるうちに、ここもう少し膨らませたいとかで結果的に増えた感じですね。

ジェーン　全9巻という長さは完璧ですか？

海　野　そうですね。これ以上は……みたいな感じかな。

ジェーン　読み手としては気持ちいい長さでした。これ終わらせてもらえないんだなって漫画もなかにはありますものね。

海野　私も終わらない漫画は好きじゃないので、ちゃんと終わらせたいし、ばらまいた伏線はきちんと回収したい。そういう気持ちは強くあります。

何歳までどんなふうに仕事を続けるか

ジェーン　ここまで話を聞いて、すべてにおいて海野さんは最終的に自分のペースや自分が大事にしてることを守るやり方を確立されてるな、と思いました。

海野　自分ではピンとこないけど、そうかもしれません。

ジェーン　これから先のことを考えた時に、例えば70歳くらいまで働くとして、私は今44歳で、この先ずっとこの仕事をやるようには思えず。どう働こうかと。

海野　漫画は絵柄が古いとか言われかねないけど、コラムやエッセイは一番長く続けられるんじゃないですか。

ジェーン　書く場所がないってことはないかもしれないけれど、自分の書きたいものを書きたいところでってなると、それだけで生活できるほど続けられる人は一握りですよね。書きたいことがなくなっても、究極的には小学生の絵日記みたいな話にオチをつければ原稿用紙三枚くらいは埋まるかもしれませんが、落ち込むでしょうね、手慰みで書いてると気持ち的にね。

海　野　手抜きってたしかに見ててわかっちゃいますね。

ジェーン　今の時代、70くらいまで働かないとどうにもならないと思っていて。そうすると、ここから先どうやって働こうっていうのをいつも考えて、そしてなにも思いつかない。海外に住みたいとか、ざっくりしたことは話せるんですけどね。

海　野　私はキャリアが長いので描きたいことはあらかた描いてしまってますね。年上の漫画家さんで一時期描かなくなった方に「どうしてやめようと思ったんですか」と伺ったら「描きたいものがなくなったから」って。そうするともうなにも描けないって。そっちの方が怖いですね。

ジェーン　描きたいものがなくなっても、なにかしら描けちゃうし、それでもありがたがってくれる人もどっかにいるじゃないですか。それも怖い。

海　野　最近思うのが、二種類いると思うんですよ。魂を削って100点、120点を突き詰めるタイプ。生活のなにもかも犠牲にする人もいれば、正直毎回70点です、という70点をコンスタントに続けるタイプの人。私は後者。そういう意味では激売れしてなくても一定のファンがいて一緒に歳をとっていけば意外と大丈夫ではないかと。社会現象にまでなっても、海野さんは自己拡張せず淡々とやっていくのかな。

ジェーン　そうなっていくのかな。

海野　自慢ととられそうなことはなるべくツイッターには上げないですね。どっちかなんですよ。ゴージャスイメージの人ならそういうのをどんどん出して「先生素敵」ってなるけど、普段「お鍋こがした」と言ってる人がいきなり煌《きら》びやかになると「え??」ってなりません？

感情を描くとはどういうことか

ジェーン　バランサーですね。自我よりバランスが先にくる。

海野　作品を描くことで自我は昇華されるんです。それ以外で「私を見てー」という気持ちがあまりないんです。

ジェーン　満たされてますね。

海野　作品って、一人の人生を一緒に生きるようなものだから、作品が売れても売れなくても、やり切った高揚感があって。

ジェーン　作品に対する充足感がとてつもない。

海野　感情を物語で描いてるからかもしれないです。

ジェーン　どうやるんですか？

海野　いろんなことを覚えていようとしてます。泣いた時も、感情でうわーって泣くけど、そのうち冷静な自分がこの気持ちをちゃんと覚えておこうってなる。喉の奥からこみ上げてきて息が苦しくなるな、とか。作品を描く時に、誰でもわかる言葉だと差が出ないので、自分が感じたディテールを覚えておく。自分なりのオリジナルの表現を大事にしておこうと。

ジェーン　メモもとります？

海野　あまりとらないですね。メモしちゃうと冷静になりすぎちゃうんでしょうかね。ネタ帳はありますけど。

ジェーン　相当記憶力がいいんですね。

海野　感情の記憶は、同じような状況が起きた時、あ、これ知ってる、前もあったってなったりします。

ジェーン　私はこの仕事を始めてからメモ魔になりました。メモっておかないと全然覚えてないから、ポストイットババアです。最初はワードやテキストでしたが、パソコンが立ち上がるのを待ってるうちに忘れちゃう。

海野　アナログっていいんですよね。見渡せて、前に描いたことをちょっとここに持ってこようとかできるし。昔はネームもフルデジタルでやってましたが、最近はセリフを書き出してからプリントアウトしてコマ割もアナログでやってます。その方がわかりやすいんです。

規則正しい生活vs.はちゃめちゃ人生

ジェーン　生活が破天荒な方が精度の高い作品を作れるわけではないと思う一方で、情動みたいなものの勢いは作品の持つ力に多少影響があるのではないかと思うんです。作詞の仕事もしてるんですが、（歌詞が天から）降りてくる系の人には絶対に勝てないって感じる時があるんですよ。「降りてくる」人の方が感情に直接訴える言葉を持ってるように思える。
私は理屈っぽいから、感情にのっとられることがあまりなくて、それが長所であると同時に短所。だからさっき海野さんがおっしゃっていた、ちゃんと朝起きて、体力にぶれのない範囲で仕事をして、自分を削り切らない働き方をするのが理想だけど、それが仇になることもあるように思えて。冷静さと、一瞬を駆け抜けるアーティスト性みたいなものとの関係ってどうなってます？

海野　若い頃はくたくたになるまでやって死んだように寝てまた次の日ってやってましたけど、今それやると次の日使い物にならないので、老化とか諦めとか色々なものが入って今の自分になってるのかなって思います。

ジェーン　男関係も親関係もめちゃくちゃ、ぐるんぐるん回ってて傍から見たらなぜあの人はあんなにバタバタしてるんだって人が、ある日バーンとすごいの出しちゃった！　みたいなのを私はどこかで羨ましく思っています。海野さんは「降りてきたー」みたいな感じはありますか？

海野　そうですね、昔は勢いで描いてたところもありますけど。

――（海野さん編集担当）20代の海野さんが「これやりたいです」というリストみたいなものを出してくれて。それを着々と最後までやり切って、次なに？って出てきたのが『逃げ恥』。だから、降りてくるというよりきちんとやって出てきた感じなんです。

海野　私は昔から優等生だから。中学校の時、先生から「あなた生徒会入らない？」ってスカウトされたし。でも悪い優等生（笑）。

ジェーン　悪い優等生？

海野　優等生だと思われている自分を利用して、禁止されてる前髪パーマとかかけて先生に「それもしかしてパーマじゃない？」と言われても、「これは巻きすぎちゃったので先生見ないでください」なんて言っちゃう。

ジェーン　しかし真実はパーマ。

海野　あとクラスにヤンキーの女の子がいて、その子んちに集まろうぜって時も、先生急にお腹がって言うと、普段いい子にしてるから「そうか帰りなさい」って。

ジェーン　なるほどね。すごいな。

海野　いやらしい優等生なんです。

ジェーン　海野さんからはコンプレックスが全然感じられないんですよね。

海野　いや〜、いっぱいありますけどね。

ジェーン　ありますか？

海野　ありますよ。悔しいとかも色々あるし。でも飄々《ひょうひょう》としてるとは言われますね。

ある日突然20代の子供の親デビューも

ジェーン　情熱はすごくある方だと思うし、そうじゃなければこんなに面白い漫画は描けないと思うし、それはよくわかるけど。あと悔しいとコンプレックスは少し違うと思ってて。頑張ったのに思った結果が出なかったとか、ぐうの音も出ないという悔しさはあると思うんです。でも、コンプレックスというのは蜂の巣のようなもので、ちょっと突《つっ》かれただけでなかからうわーって出てくるような。私は先ほどからちょいちょい話してるように、普通の人が普通にできることができなかった人生が金になってるにもかかわらず、なぜできなかったのかという自責が小骨のように刺さって残ってるんですよ。なぜ大多数の人が呑み込めるものを私は呑み込めないのか。それがコンプレックスになってる。海野さんからは、そういうコンプレックスだったり、小骨みたいなものを、こうやってお話ししてても全然感じないんですよね。

海　野　結婚という意味でいうと、私も小学生くらいからいつか結婚して子供ができると思ってましたよ。歳を重ねても、そのうちすると思ってて、気づいたら年齢的に子供は無理じゃないって。あれ？　あれ？　みたいな。

ジェーン　私もそう。気持ちはある。

海　野　おかしいな、どこで道を間違えたんだろう、みたいなの、あります。

ジェーン　でもあんまりなさそう。あるけど、あんまりなさそうです。

海　野　この先に誰かと出会うかもしれないとは思ってるかな。その人に子供がいたら、突然20代の子供の親デビューみたいなことになるかもしれないし。

ジェーン　柔軟性があるんですね。
海　野　ですかね。
ジェーン　中年女性のしなやかさみたいなエッセンスが海野さんにはかなり詰まってると思います。なんか化粧品のコピーみたいな言い方ですが。
海　野　風に揺られて生きてる方が楽チンだから、みんなそれを体得するのかな、みたいな気がしますけどね。
ジェーン　自己顕示欲ってどこに出ますか？
海　野　『逃げ恥』で昇華された部分が大きいような。それまでは同じ雑誌で描いてるのに友達はがーんと売れて自分は全然とかでずっともやもやがありましたけど、『逃げ恥』が想像を超えるヒットになったらすごい達成感で。親に対する「結婚しなくてごめんね」「孫の顔を見せられなくてごめんね」みたいな気持ちも、講談社漫画賞をとった途端、「お母さんこれが私の結婚式やでー」なんて言っちゃって。作品が子供のようなものなんです。もちろんここまでのヒットじゃなければ、くすぶってたかもしれないですけど。
ジェーン　「この先、なにかあるかもしれない」と信じることができるようになった作品ってすごいですね。この先誰かと出会って結婚するかもしれないって、まさかがあると以前より信じられるってことですものね。そういう出来事があったって素晴らしいと思う。

海　野　『逃げ恥』の百合ちゃんも最初はそうでしたね。完全に諦めているし、読者も絶対に風見さんとくっつくとは思ってない。

ジェーン　百合ちゃんが毎回毎回「これは長く続かないだろうけど」って言うところ、すげーわかるって思った。こんなうまい話があるわけないと思いながら進める感じ。

海　野　終わりを見据えながらの。大人の処世術、みたいな。

ジェーン　言い聞かせて、たぶんあれは自分にですね。

海　野　そう、自分に言ってます。そこが泣ける、みたいな。

ジェーン　その痛み、わかります。

少子化の責を背負わされていないか

ジェーン　本当は、「どうして結婚しなかったんですか？」とか、そこに触れないで未婚女二人が仕事やプライベートの話をできる世になればいいと思うんです。だけど実際ちょっとそこにはまだ距離があると思って。日本ではやっぱり結婚してるしてない、子供産んだ産んでないが大きくある。

海野　少子化の責を背負わされているところは感じますよね。でも考えたらもっとたくさん子供を産めたり育てられたりする世の中だったら、社会として子供の数は増えるはずです。一人は必ず産むみたいな考え方があるから、お前は義務を果たさなかったみたいになりますけど。子供を産まない人がいても、子供をたくさん産む人がいればいいわけで。うちは従姉妹が子だくさんだから私の分は従姉妹たちが産んでくれたかなって思ってます。

ジェーン　二人目三人目が欲しいけど、経済事情で産めないって人が躊躇なく産める方がいいですよね。

海野　それは政府や社会の問題で、独身女性に背負わせる問題ではないと思います。

ジェーン　今のところ太字でいきましょう。

私たちができることは、これでいいかわからないけど、こういう人もいるよというのを見せていくのが大事だと思ってて。

海野　いろんなモデルがあれば、この人のこの部分とこの人のこの部分を組み合わせたら自分オリジナルのカスタムモデルができたりしますしね。

ジェーン　多様性という言葉は普及したけど、それが実際になにを意味するのか、とか、具体的にどうしたらいいのかは誰も教えてくれないじゃないですか。

海野　多様性がいいと言いながら、自分が間違っていると思うものはすごく糾弾するし。

ジェーン　多様性というのは、間違っていると思うものも、まあそういう話もあるよねみたいな感じで受け止めることだと思うんですよね。

他人に対する干渉を減らすことが多様性の第一歩。あと、多様な生き方とか、こういう人もいるというのを見せていくことも、私たちが関わっている仕事の役割のひとつかなと思って。

海野　知るって大事なことですよね。

ジェーン　そういう意味でも『逃げ恥』は相当世間に伝わりました。

海野　ただ、女の人の呪いについて描いたけど、男の人の呪いについて描いてなかったなとは思ってて。続きを描くことがあるなら、そのあたりを描こうと思ってます（その後「Kiss」にて連載再開）。

ジェーン　女性の呪いは女性だけで解けることはない。男性の呪いと「いっせの、せ」で一緒に解かないと、と私も常々思っています。

男の人の呪いとは

ジェーン　さっきおっしゃったように四男五男が結婚できなかった世の中があったたってこと

は、つまり長男一人勝ち、一部の男の人が得する社会でしかなくて、そのわりを女とそれ以外の男が食った時に、わりを食った男のストレスのはけ口が女、子供、小動物に向くのが問題です。だから女が強くなることとは別に、男の人にかけられた呪いを一緒に考えないと解決しないと思う。

海野さんの考える現代社会の男の人の呪いってなんだと思います？

海　野　やっぱり自殺者とかも男の人の方が多いし、男の人は仕事をしないといけないし、結婚したら養わないといけない。女性は家にいても「花嫁修業」というのがありましたけど、男性にはそんな言葉もないし、せいぜい高等遊民。

ジェーン　稼ぎ手ってことですからね。

海　野　女の人より、そこが大きいですよね。だから辞めたくても辞められないということが起きてしまって、最終的に死を選ぶとか。

ジェーン　働くか死かって衝撃的。

海　野　実際には働いてない人もいっぱいいますけどね。それなりに違う方法で暮らしていくのは、やろうと思えばできる。でも周りから色々言われたりはしますよね。

ジェーン　女の人はヒモとは言われないですよね。男の人だけ、人の食い扶持《ぶち》を当てにすると、ヒモと言われる。男性には「稼がないと人にあらず」の呪いありますね。ただその先がわからないんです。自分が女だから女性の呪いは派生商品含めてわかるけど、男の呪いの全貌がよくわからない。男性にとって加齢の恐怖はどんなだろうとか。

海　野　ホモソーシャルな感じとかね。

ジェーン　わからないですよね。そのあたりのことをもっと話していかないといけないのに、話してくれる人があんまりいないんだよな。

海　野　「男同士」みたいな感じもあるし、そこに女性は入れないっていうのもある。

ジェーン　衝撃だったのが、男同士でなにを話してるかと聞いたら野球や映画の話で。なぜそうなるかといえば、自分の話をしなくて済むからって。今自分がこういう問題を抱えているとか、そういうことを一切言わなくて済むからって。自分のことをわかってほしいとは思ってない。自分自身が自分のことわからないし、直視したら立ってられないかもしれないって言われて、いやいや、こっち（女性）はわかってよって気持ちでどれだけ辛酸をなめてきたか、そして自分自身を突き詰めるために前世まで見る人までいるのに！

海　野　女同士はぺらぺら喋るけど。

ジェーン　自分のことを話す男は面倒と思われるという話も聞いたことがあります。自分のことを知りたくないってすごいなと思って。いかに自分のトリセツを作っていくか、自分自身の体調とか働き方のトリセツを作っていくかが、生きる上でのテーマなのに、そこに興味がないって。

海　野　自分のことを知りたくないのは自己評価が低いんでしょうかね。

ジェーン　豆腐メンタルだから無理っす、という声も聞きました。理想とする自分と現実の乖離《かいり》に耐えられないって。

海　野　男社会の方が女社会より成功例がすごいし、それを日々突きつけられているからとか？

ジェーン　あと男性という性にとっては人から頼りにされることに大きな意味があるようですね。異性愛の場合ですが、例えば恋愛が苦手な男の子がいるとするじゃないですか。恋愛が得意な女の子と付き合ったら下駄を履けるからいいじゃんって思ったんですけど、どうやらそうではないようです。自分の知らないことを全部知ってる人の方が楽という発想はなくて、そんな自分でも頼りになるってことの方が彼を幸せにするらしいと、知人の恋愛事情から知りました。そういうことが最終的に処女信仰につながってるんだと思います。何色にも染まっていない人を「俺色」に染めることを好む。なんて不遜な考え方だと思ってましたが、自分の方が優れていなければならないという強迫観念がそこまで強いなら、すごくつらいだろうなと思った。

海　野　刑務所でも子犬を育てると更生するっていいますね。小さきものから必要とされることが大事、みたいなことでしょうか。

ジェーン　居場所があるということとは違うと思うんですよね。誰かに必要とされたいと思うこととちょっと違って、松明《たいまつ》を持って人を導くということに対する義務を果たさないといけないという、思い込みなんですかね。あれはキツいと思う。

海　野　その考えを変えるためにはどうしたらいいんでしょうね。正解がわからない。そうじゃないんだよって言ったところで、本当はこうなんだよっていうところの本当がわからない。

ジェーン　多様性じゃないですけど、サポートに回るだけが幸せじゃないってところに、女性はようやくたどり着いたわけですよね。女の人もサポーターを得て自分を輝かせる、それを女の人がやっても不遜じゃない、いいんだよっていうところ。

海　野　意外と女性の時代が栄える、みたいなね。

ジェーン　王道の物語には、困難のなかで男が松明を持って村人を率いるみたいなプロットがあるじゃないですか。村にいきなりおばけがやってきたり、トラブルや伝染病が起きたりすると、それと対決するのが男性。男性の物語は村から出て旅をして成長する、村を救うものばかり。

海野　ウラジーミル・プロップの『昔話の形態学』みたいなものですね。全部が記号化できて、方式化できてしまう。それ男女が逆だと成り立たないんですかね？　女性が村を出て成長する。

ジェーン　成立してほしいですよね。男女の違いは傾向として他にもあって、例えば男性同士って、中学からの親友なんだよねとか言っても、互いにあえてなにも聞かないじゃないですか。

海野　黙って傍にいるのが男の友情、みたいなね。それでうまくいってるところもあるとは思うんですよ。細かく言っていくと、あれ、それ違う国？　みたいになってもめるところを、なにも言わずに俺たちうまくいってると。

ジェーン　突き詰めないからうまくいってるってありますね。

海野　男の人たちは突き詰めたくない人が多い。前にラジオのイベントに出た時も男性からの相談で、奥さんとうまくいってないって。私からすれば、そういう話は奥さんと話し合って解決してほしいと思うけど、奥さんにはなにも言わないんですよね。男性って、無理無理って諦めて投げちゃう感じ。突き詰めたくない。

ジェーン　詰められたから別れたって人いますよ。友達の夫婦がトラブった時も、夫の方が「とにかく（妻が）詰めるから嫌だ」って言うんだけど、いやそれ詰めてるんじゃなくて、話し合いがしたいんだよって何度も伝えました。なにを考えているのか、どういう気持ちなのか聞きたいだけなのに、詰められたと嫌がられてしまう。

海　野　なんにしろ強い調子で迫られるのが嫌ってことなんですかね。

ジェーン　さっきの俺自身をわかりたくないってことと通底してると思います。ちっぽけな自分を見つけてしまう予感がするから詰めたくないし、詰められたくない。（『逃げ恥』の）平匡さんはよくみくりの話し合いに付き合ってますよね。

海　野　理系というのもSEというのも関係しているかもしれない。あともともと出会いが仕事だから。これが恋愛関係から始まってたら、話し合いとか面倒くさいとか、なんでこんなにやらないといけないのかってなってたと思います。仕事で始まったというのは大きいでしょうね。

ジェーン　男の人の呪いが知りたいのはただの興味本位じゃないんですよ。男の人の呪いがわからないと、こっちの呪いもセットで解けない。

海　野　自分を客観視しない呪いをかけられているのかもしれない。

ジェーン　そうだよな。そうじゃなかったら戦争とか行けないもんな。

宇多丸

1969年東京生まれ。ラップグループ「ライムスター」のラッパー。TBSラジオ「アフター6ジャンクション」(通称アトロク)のパーソナリティを務める。著書に『マブ論CLASSICS』『ザ・シネマハスラー』『ライムスター宇多丸の映画カウンセリング』『ライムスター宇多丸の「ラップ史」入門』などがある。

A4判のスケジュール帳にポストイット

ジェーン 本名で呼ばせてもらっちゃいますが、士郎さんに初めてお会いしたのは、私18歳、士郎さん22歳の時です。早稲田大学のソウルミュージック研究会「GALAXY」で先輩後輩の関係で。その後、線がずっとつながっていたわけではないのですが、二十六年間も定点観測としてお互いを見ている人は少ないと思いまして。

宇多丸 ほうほうほう。

ジェーン そして今、期せずして同じようなところで仕事をさせてもらっています。ちょうど士郎さんたちが2006年に出した『ブラスト公論』が増補版を経てこのたび文庫化され(『ブラスト公論 増補文庫版：誰もが豪邸に住みたがってるわけじゃない』徳間文庫)、その帯コピーを寄せるために改めて読み直したこともあって、あの頃からすごく変わったところと、全然変わってないところがあるなと。その辺の話をできればなと思いました。

(ジェーン、手元のA4判のノートを開く)

宇多丸 ところで、そのノート、なにノート?

ジェーン これはスケジュール帳です。

宇多丸　色々貼ってあったりするね。

ジェーン　毎月のスケジュールがあって、メモは全部ポストイットに書いて貼って、やりそこなったことは翌月に貼り直していくんです。

宇多丸　やばい、かっこいい。真似しよっかな。

ジェーン　ははは。どうぞどうぞ。新聞なんかで気になったことなんかもメモして貼ってます。

宇多丸　几帳面だよね。字の書き方が几帳面ですよ。

——スーさんは昔から几帳面だったんですか。

宇多丸　っても、今まで彼女が書いた字とか見たことがなかったから。

ジェーン　たしかにそうだ。

宇多丸　「ブラシス」では何か書いたりしてたっけ？　あ、「ブラシス」というのは『ブラザーズ&シスターズ』の略で、僕らが学生時代に所属していたGALAXYが出していたミニコミ、今でいうZineなんですけど。

ジェーン　書いたことないです。同期の女子で書いてたのは一人か二人くらい。

宇多丸　まじで？

ジェーン　若干「男の子のもの」っていうのがあった気もするし。書く自信もなかったし。

宇多丸　GALAXYって、やってることは思いっ切り文化系なんだけど、精神性はちょっと昔ながらの体育会っぽいところがあったから、ひょっとしたら、女の人が前に出づらい雰囲気みたいのがあったのかな。

ジェーン　なにかをやろうとして誰かに止められたことはなかったんですよ。ただ、私が勝手に「これは男の子のものだよね」って思ってましたね。書きたい人は女子でも書いてましたし。

宇多丸　ああそうだね。今思い出したら、女の先輩もいっぱい書いてたわ。

ちょっと変わった人たちの集まり

ジェーン　GALAXYはインカレのサークルで、いろんな大学の子がいて、男子も早稲田に限らずぐちゃぐちゃで。

宇多丸　創始者メンバーの一人で、GALAXYで最も尊敬されている先輩といっていいJAMさんこと細田日出男さんも、法政だもん。

――総勢何人くらいいたんですか？

宇多丸　それは時代によって全然違う。例えば僕が入った年はすごく少なかった。一年経って残っていたのは僕ともう一人、みたいな感じで。例会に集まったのが三人と

ジェーン　か。例会というよりただの「待ち合わせ」(笑)。

ジェーン　週に一回木曜が定例会でした。今はサークル員が五十人くらいいました。今は多い年だと百人くらいいるそうですよ。部長が女性だったり。私たちの時代に女性で部長なんて考えられなかった。

宇多丸　やっぱりそういう風土だったのかな……。

ジェーン　風土というか、やっぱりそれは世の中ですよ。

宇多丸　そうね。女性元首だってそうそういなかった時代だから。サッチャーはいたけど……って話が大きいな。とにかく僕らだけのせいじゃない、時代が悪かった！と。

ジェーン　繰り返しになるけど、誰かに虐げられて、やりたかったのにできないことがあったというのは、少なくとも私はなかったです。

宇多丸　――最初に互いに個体認識したのは？

ジェーン　個体認識は、最初はスーさんを含む一年生の女の子が三人グループで入ってきて、そのなかのリーダーとしてでした。

ジェーン　「女子美ーズ」という、女子美の短大・四大の、完全に〝概念としてのベレー帽〟を被った子たちがいて、彼女たちはファッションも好みも他の新入生たちとはち

宇多丸　ょっと違うんですよ。私は、そういう特色がない、無色のグループ。大学の友達と一緒に入りました。リーダーだったつもりはないけど。

宇多丸　当時ブラックミュージックを聴くというのは、まだマニアックな匂いが色濃かったからね。今のようにアメリカのメインストリーム音楽が完全にヒップホップ、R&B中心になるなんてことは、考えられない時代だったから。だからうちのサークルに来るような子は、そもそもやっぱりちょっと変わった人たちだったんだよね。

ジェーン　その頃、士郎さんは雲の上の人でした。定例会に一回行ってちょっと喋れたらラッキーみたいな存在。座る場所も奥の方で。奥の院みたいに。

宇多丸　別に席が決まってたわけじゃないけど、なんかそんな感じだったかもね。僕は五年生で、部長を終えて二年目くらいで、院政を敷いてて（笑）。大ボスとして奥にどかっと座るみたいな。

ジェーン　そうそう、そういう感じです。

家が近い、誕生日が近いというアドバンテージ

――定例会は「バンフ」で？

宇多丸　そうそう、山小屋風喫茶店バンフ。

ジェーン　二階に屋根裏みたいになってる喫茶ルームがあって。おばあちゃんとおじいちゃんがやっていて。今考えると本当にひどいけど、いちいち「コーヒー」とかって注文しては何回も上下行き来させて。

宇多丸　あそこのドライカレー、ネギがわりとシャキシャキしてた。まだ覚えてる。

ジェーン　その店ももうないです。

宇多丸　でもさ、スーさんはわりと早くから頭角を現し始めたよね。だってさ、俺、君の誕生会にノコノコ行ったの覚えてるよ。

ジェーン　それは家が近いというスーパーアドバンテージがあったんですよ。

宇多丸　文京区同士。

ジェーン　一駅しか離れてない。

宇多丸　でもね、びっくりしたのは、誕生会やるから来てくださいって言われて行くと、たしかに立派なおうちだし人もいっぱい集まってるんだけど、そこになぜかリトル・クリーチャーズの青柳（拓次）くんが来てて、ギターで弾き語りやってくれたりしたんですよ。僕らなんかまだ全然知られてない頃だからすごく引け目を感じたし、そもそもなんで一年女子があの青柳くんと友達なの？　って、衝撃でした。青柳くんはなんで知り合ったの？

ジェーン GALAXYにいたレイちゃんって子と私がリトル・クリーチャーズがすごく好きで、よくイベントに行ってて。レイちゃん経由で知り合ったのかな。

宇多丸 すごいね。でもホント、その感じですよ。新人にしてすでに大物感っていうか。とにかく仕切ってる感あったな。

ジェーン そうだったんですね。自分の認識とかなり違うから面白いな。天真爛漫な時代が自分にもあったんだって、ちょっと嬉しい気持ちになりました。でもたしかに家が近いってことにかこつけたのはありますね。なんらかの「かこつける」の「かこ」は必要で。あとお互いの誕生日が近い。二つ近いものがあったら、これは「かこ」つけますわ。

宇多丸 お母さんがすごい快活な人で。スーさんの社交性はお母様譲りかね。

ジェーン みんなで写真を撮りましょうってなった時に、「お母さんがシャッター押す」って母が言って、「小津アングル」とか言いながら撮り出して。私は映画に全然興味がないからなんのことだかわかんなくてポカーンとしたけど、士郎さんだけが笑っていたのを覚えてます。

宇多丸 あ、そう。そんな光景が。たしかにお母さんと楽しいコミュニケーションをとったという記憶はある。あとスーさんと同期の男の後輩たちと、僕がすごく仲良かったというのもあった。

ジェーン　同期の仁はその後ライムスターのメンバーになっちゃったし。びっくり。

宇多丸　距離感がちょうどいい世代なんじゃないですか。孫世代というか、仲良くなりやすい年の差感、みたいな。

どうでもいい話をどう面白くするか

――宇多丸さんはどういう存在でしたか。

ジェーン　ここまで話が面白い人って、それまでの人生にいなかったんですよ。で、話が面白いってどういうことかっていうと、知らないことを教えてくれるとかではなくて、取るに足らないことをどうやって聞くに耐えうるコンテンツにしていくかとか、どうでもいい話をいかに面白く話すかとかで。士郎さんたちは、自分たちで造語を作ったり、新しいゲームを考えたりしてましたね。

宇多丸　そういえば、「04ノート」というサークル員用の自由帳が部室にありましたよね。あれは厳密にはGALAXYの部室ではなくて。当時の早稲田には、学生運動が活発だった時代に治外法権化した区画というのがまだ残ってて、そのなかの「文学部04号室」、元は美術サークルの部屋だったの。で、一年の時に仲良かった奴らとそこに入り浸ってたら、そっちの先輩たちが全員卒業したので、いよいよ我が物顔で使い始めたという。

ジェーン　ターンテーブルが置いてあって、新譜を買ってきた先輩がそこでレコードをかけたり、04ノートに士郎さんとか画《え》や文章がうまい人が思い思いのことを書いたり。壁にタギングもあったな。

宇多丸　タギングとかグラフィティの真似事みたいのはいっぱい描いてましたね。

ジェーン　自分の通っていた大学（フェリス女学院大学）の思い出なんかほぼないけど、とにかく毎週木曜バンフで紅茶とか昆布茶飲んで、そのあと04に行って先輩たちの話を聞いて家に帰るっていうのが楽しかったなぁ。

宇多丸　当時のスーさんで好きなエピソードは、「私みたいなのはフェリスでは大変なんだ」って。あの頃スーさんは、アフロで軍パン、みたいな感じだったじゃん。GALAXYでは普通だけど、フェリスでは全員ヒールが基本、ハイヒールをカツンカツン地面に刺しながら歩いてるって話（笑）。

ジェーン　カツンカツンの「カツン」の言い方だけで五分間くらい盛り上がった。

宇多丸　今でもそのカツンカツンのポーズ、思い出せますよ。

ジェーン　士郎さんは会った時にはすでにライムスターとして活動していて、ライブに行くと、私たちの知らない人たちにきゃーって言われてましたね。
宇多丸　すみませんね、チケット買っていただいて。
ジェーン　それこそ代チョコ（代々木チョコレートシティ）とかシモチョコ（下北沢チョコレートシティ）とか。
宇多丸　シーン自体が面白い時代でもあったからね。
ジェーン　「DA.YO.NE」の前。
宇多丸　まだ素人同然のリップスライムのメンバーとかがいるわけだから。
ジェーン　ZINGIが「シンナーやめろ」って書いてあるステッカーをライブでまいてた時代だから。
宇多丸　人が吊り下げられてピースサインしてるステッカーデザイン。黒に蛍光イエローみたいな感じで。
でもその一方で、実は普通に車に乗ってキャンプ行ったりもしてるんだよな。スキー合宿やったり、肝試ししたりさ。
ジェーン　当時はルサンチマンの巣窟みたいなところにいたつもりだったけど、今思えば、傍から見ると普通に楽しそうな大学生だったと思う。

宇多丸　ディズニーランドは一緒に行ってないっけ？　俺のディズニーランドデビューという一大イベント。

ジェーン　それは行ってないですね。

宇多丸　一時期、士郎さんがディズニーとかワーナーブラザーズのキャラクター刺繡が入ったXLのだぼだぼTシャツ着てて、それがすごくかわいくて。みんな超オリジナルで、おしゃれでしたよね。

ジェーン　ヒップホップファッションというのがまだ全然一般的じゃない時だからね。アメリカに行かないと太いジーンズが手に入らない時代。

宇多丸　――ティンバーなんかなかなか手に入らない？

ジェーン　入らないし、高いから、代わりにホーキンス、みたいな。超青春だな〜。

宇多丸　――ジェーン・スーさんは女子校育ち？

ジェーン　中学は共学で、高校と大学は女子校です。

――GALAXYで男社会のルールとかを感じた？

ジェーン　男社会のルールというよりは、女子校と同じノリで同じように楽しみにいこうとすると違和感を与えるってことは知りました。例えば、相手の面白いギャグに同じくらい面白いギャグを返せば仲間になれるのが私の知ってる女子高ルールだったけど、男の子相手だとギャグにウケて笑った方が仲間になれるとか。ルールがちょっと違う。

宇多丸　あーそう。それは今言われて初めて気づかされた。なんかそれ、ダメだね。

ジェーン　士郎さんがそうというわけではなくて。女の子でも天然とか、イッちゃってるよ、みたいなのは歓迎されるけど、同じ目線の同じ面白さみたいなものはそんなに求められていないようだぞってのを肌で感じて、それは社会人になってからも続きました。

宇多丸　あ、そう。それは失礼いたしました。

東京生まれ東京育ちのアドバンテージ

ジェーン　でも、文化の話と言ったら大げさですけど、最近なんの音楽聴いた、なんの映画観た、なんの本読んだっていうところも含めて、私の聞きたい話をしてくれるのはいまだにGALAXYまわりの人たちが多いですね。

宇多丸　そういう面白い人たちが集まるっていうのがGALAXYの伝統だよね。今は普通に社会人になってる人たちも、みんな面白かったもん。学園祭でディスコをやる時も、内装とか外装に異常な凝り方をしたりね。「やる

ジェーン 時はちゃんとやった方が楽しいじゃん」という精神。遊びに手抜きがない。学祭でディスコやるのに、金網買ってきてＤＪブースの前にバリケード作って。なかも真っ暗なんだから見えないのに、新聞紙を丸めて壁に貼ってゴツゴツ感を出して、その上から黒の画用紙をぐしゃっとして貼ることによって洞窟っぽさを出す、みたいな。なにこれって。

宇多丸 そうそう。表は発泡スチロールで加工して、だから俺、発泡スチロールの加工めちゃくちゃうまいですよ。

ジェーン 私たちは先輩の指示通りにずっと壁にくしゃくしゃ貼ってく。

宇多丸 表にも色を塗ってね。当時流行ってたエムザ有明とかのああいう高級ディスコ級のを作ってやると。

雑誌を作る時もすごくうるさく、細かいところも手を抜くんじゃないっていうのを叩き込まれたし。編集の仕事をそこで教わってるみたいな。大人にさせていただきましたというか。

ジェーン 人脈って言うとオエーッですけど、GALAXYがなかったら、今この仕事してないとも思う。それこそ、私たちが社会に出てしばらくするまでわからなかった「この東京め」みたいなものにつながってくるんだと思う。

宇多丸　この東京め？

ジェーン　結局東京生まれ東京育ちってことだけで相当アドバンテージなんだよっていう話をされても、学生の時は全然わからなくて。

宇多丸　ああ、若い時からがんがん夜遊びとかもしてるもんね。

ジェーン　何時でも家に帰れる。

——大学卒業後の接点は？

宇多丸　仕事で直接はないけど、業界としては近しいところにいるし、共通の知人もいるし、年に数回は会ってたね。

ジェーン　私は新卒でレコード会社に入って。そうそう、私ＴＢＳラジオにもプロモーターとして来てたんですよ。当時ディレクターだった人たちが今、社長やえらい人になってる。

宇多丸　なにひとつ無駄にならないってことだな。

ジェーン　ちゃんとやっててよかったと思って。評判悪かったら……。

宇多丸　正直音楽業界、評判悪い人多いですからね。

ジェーン　夢のある商売ってどうしてもね、夢はあるが仕事が……って人がいるんですよね。

宇多丸　たまに会った時にその文句も言ってたよ。「ほんとにどいつもこいつも働かねー」

って。

ジェーン　音楽が好きってだけで、なんでこんなに仕事しない人がいるんだろうってめちゃくちゃ士郎さんに愚痴りましたよね。そしたら「アーティストとしても、音楽が好きで仕事できない奴よりも、音楽はもともと趣味じゃなかったけど仕事はできる奴の方が助かるよ」と助け船を出してもらって。あれは会社入って三、四年目です。その頃一番憤ってました。そのあと、その勢いのまま、私が働いていたレーベル所属アーティストのライブに行って。いまだに覚えてるんですけど、打ち上げの席で隣りに座らせてもらったLÄ-PPISCHのMAGUMIさんになぜかぶちまけたんですよ。初対面なのに。そしたら「俺は音楽が好きな奴も信じてるよ」みたいなことを諭すように言われて、あとから私なにやってるんだって落ち込みました。最悪。

信用する人が言ったことは呑み込む

ジェーン　そうこうするうちにGALAXYの先輩のリコさんって人から電話がかかってきて。リコさんはICUの学生だったんですけど、留学したことがないのに英語が喋れる人だった。そういう人を初めて見たし、すごくおしゃれなんですよ。日本のどのファッション誌にも載ってないような格好をしていた。それでヒップホップが好き。大学を卒業したあとは某企業に勤めながらMTVに出たり、無謀なことをやってたんです。

宇多丸　MTVのVJとか、ラジオ番組持ったりね。

ジェーン　海外から私たち憧れのアーティストが来日するとインタビューしたり、アメリカに取材に行っちゃったり。そのうちJ-waveでラジオ番組を持ち始めた。先輩があれよあれよと、VJになり、ラジオDJになり、新聞で連載を持ったりファッションアイコンになったり。そのうちDefJamっていうアメリカの老舗ヒップホップレーベルの日本CEOに就いちゃった。

宇多丸　破格すぎて笑えてくるような人なんだよね。でも、そこで彼女も、昔ながらの日本の会社組織のなかで苦労したみたいだけど。

ジェーン　会議中にベーグル食べて、おじさんたちから眉をひそめられるとか。私は新卒で入ったレコード会社の八年目くらいでした。ある日リコさんから電話がかかってきて、「日本で一番売れてるアーティストやるから今の会社を辞めてきて」って言われて。日本のアーティストが海外のレーベルと直接契約する現場に関わることは入社当時からの夢だったから、思い切って転職しました。

その後、異業種転職を経て実家の手伝いをしていた時に、今度は音楽業界の元同僚から「紙資料とか時系列を書く人がいないからちょっと手伝って」と頼まれて。そのうち「作詞も」って来て、え？　って。

でもその頃から、信用できる人が「君ならやれる」って言うことは鵜呑みにするようにしたんですよ。作詞やったことないけど、やってみようと。

その元同僚は音楽制作にかけてプロ中のプロの職人なんです。私がぼやーっとした歌詞を出すと、「ここはこういう語感にした方が耳に残りやすいし歌いやすい」とか、「ここで意味のわからない言葉を入れろ」とか、とにかく、龍に目を入れてくれる。すごく勉強になりました。

そうこうするうちに「ラジオ出てみませんか？」「番組やってみませんか？」って話が。信用する人が言ってくれたらやってみて、ここまで来ました。

——宇多丸さんから見ると、後輩が突然ジェーン・スーと名乗って世に出たわけですが。

宇多丸　ジェーン・スーという名前はなんでなんだとは一瞬思ったけど（笑）、どこ行っても成功するに決まってるっていう頭があるから、全く驚かないよ。出会った時から優秀だし面白いし。それに最初から人を従えてたから（笑）。

ジェーン　感じ悪いじゃないですか、それ。

宇多丸　要は一番なんでもない状態の時にすでに、リトル・クリーチャーズの青柳くんだったからね。

ジェーン　スーさんに限らず、知り合いがいきなりテレビに出ても全く驚かない、っていうくらい、僕の周りには本当にみるみる成功した人だらけなので。

士郎さんはタマフル（TBSラジオ「ライムスター宇多丸のウィークエンド・シャッフル」）を始めて。GALAXYの週一回の定例会で聞いた話が番組として聴けるというのも相当レアだし興奮しました。いつもめちゃくちゃ忙しそうで、「ご飯行きましょう」と誘える感じでもない頃に、ちょうど「そんな彼なら捨てちゃえば？」って映画の話を士郎さんがラジオでしてて、私もたまたま観てたのでメールでやりとりしたんですよ。気持ち悪い話ですけど、あの大先輩、佐々木士郎を今独占できてる状況が嬉しくって。真面目に議論しながら、「（独占できて）今すごい楽しいです」みたいな返事をした記憶がある。そのあとタマフルに出ませんかという話をいただいて、あー独占タイムまた来たーみたいになって。

士郎さんは独占するのが難しい人なんです。それは大学時代から。みんな士郎さんと話したい。

宇多丸　独占タイムか。そんなふうに思っていたのか。

ジェーン　そうです。男子も女子もみんなそうだったと思う。

──人生相談に答える仕事はどうですか。

宇多丸　特に女性に対しては、スーさんほど厳しい物言いは、男性としてやっぱできないですよね。それは同性ならではのアドバンテージというか。あそこまでバッサリ斬り捨てられないですよ、僕らは。

ジェーン　斬られたい人ですね、私に相談をしてくる人たちというのは。

──「悩みのほとんどは我が儘《まま》か暇」というスーさんの名言も。

ジェーン　結局自分の我が儘を通したいが通せないことを「悩み」と捉えている人が多い。

宇多丸　それって女性に限らずのことでもあるでしょうけどね。

ジェーン　いつも自意識のことで悩んで仕方なかった子が、自意識問題で一切悩まなくなったと聞いたことがあって。なぜかと尋ねたら「ＦＸを始めたから」と。要するにお金がなくなったり増えたりするという、他のことが忙しくなったら、自分のことなんか考える時間ないんですよね。それってある種、発明だと思って。すげーっＦＸ効果って。

ラジオは「ああでもないこうでもない」プロセスの場

宇多丸　そもそも「悩み」って、なんか曖昧な概念というか、大雑把な言い方だよね、よく考えると。

ジェーン　ごった煮すぎるというか、例えば親が病気になってしまってお金がなくてどうしたらいいかわかりませんという悩みには、具体的な解決策として「福祉を頼ってください」と言える。でもそれって実は悩みじゃない。問題、トラブルじゃん。

宇多丸　問題なのに悩みで留めちゃってる人ね。それは解決すべき問題。悩みって、本当はもっとさ、本質的に解決策がないようなもののことなんじゃないかな……。「寂しい」とか、「自意識がグルグルしちゃって」とか。じゃあ自分はどうしたいのか？　と考えても、あんまり答えが出ないようなやつ。

ジェーン　親友の彼を好きになってしまいました、とか。

宇多丸　それはさ、とりあえずやってみちゃえばいいじゃん！　という解決策があるから（笑）。

ジェーン　そこは私は違う。好きなんて気持ちはまやかしだから、接点を減らして気持ちを離れさせて別に行けとか。

宇多丸　やる方向も同じことだよ。「実際やってみたら魔法がとけるかもよ」っていうことだから。あと、よりによって俺に「酒の場が嫌です」とかって相談が来たりすることがあって……聞く人間違ってるだろうって(笑)。俺謝るしかできないよ。ただそこで、「そもそも酒飲みとは何か?」ということを改めて考えたりするのは、やっぱ面白いなとは思う。ああでもないこうでもない、ってやるのが楽しいんだよね。

ジェーン　士郎さんはああでもないこうでもないをエンターテインメントにする天才ですよ。一見どうでもいいことを転がして、別の果実を収穫するのって楽しい。

宇多丸　ああ、特にラジオは、そういう思考のプロセスを楽しむ場なのかもしれないなぁ。

ジェーン　私にも悩みはあって、オタクじゃないから、詳しく語れることがない。そこがよさでもあり弱みでもあり、という。

宇多丸　オタクであること自体が面白さを保証するわけでもないからね。あなたの場合は、話題の「広げ力」が恐るべしですよ。サークルで独自の遊びを作ったりとかっていうのも、そういうことだったのかな。

ジェーン　冬合宿の時かな。「joy to the love」っていう遊びに無理矢理入れられて。

宇多丸　俺それ覚えてない。

ジェーン　ちょうどglobeの「joy to the love」って曲が流行ってたんですよ。「joy to the love」のあと、自分でサビの歌詞を考えないといけないの。にゃ〜にゃにゃ〜にゃにゃって。

宇多丸　一時期俺らのなかで流行った、カラオケでデタラメに曲を入力して、即興で歌詞を載せる遊びみたいなやつだね。そこから俺の「早稲田貧乏節」という名曲が生まれたり。

ジェーン　GALAXY鍛えられる。

宇多丸　夏合宿の吉佐美《きさみ》でやった新しいスポーツ「波よけ」とかね。要は横並びで波打ち際に座って、波が来ると一斉に腰をパッと持ち上げる、というだけなんだけど(笑)。

ジェーン　工夫しないとダメよっていう。それが面白かったな。今ラジオで士郎さんがやってる「アメリカから来た全く新しい概念」みたいなことですよね。まさかこうして商売になるとは。

——それぞれ昔と変わったところはありますか。

ジェーン　私はもっと辛辣《しんらつ》でした。そしてもっと断罪してた。それをやってはいけない理由がようやくわかった。マナーとしてとかトラブルになるからじゃなく、自分が人を断罪する時に基準になるものと全く違う基準で生きてる人たちがいるから。まず相手の気持ちになるという、人としての大前提が私には欠けていたと思う。

宇多丸　同じ、同じ。全く同じ。

ジェーン　論破の先には何もない。40過ぎてからですよ、そういうことがわかったの。なあなあにしておいた方がいいことがあるなと。

宇多丸　相手によるんだけどね。本当に有意義な議論の場合、そこから学ぶこともももちろん大いにあるから。

逆にスーさんは、ずっとかわいい後輩として接してきたから、彼女の切れ味鋭さをあまり意識せずこれまで付き合ってきてしまった、向こうはきっと色々こっちのボロを覚えてるに違いない、油断してた！　という感じはありますね。

見つけた正解がひっくり返る面白さ

ジェーン　今回『ブラスト公論』を読み直して、士郎さんの「思春期のモテって、世界に対して『僕は受け入れてもらってるし』を自認できるようになる通過儀礼（大意）」という言葉にハッとしました。顔の見えない人たちからワーキャー言われたいってなんの欲望の裏返しなのかがわからなかったけれど、居場所があるってことを

宇多丸　明確に自覚できる現象がモテなんだってわかった。

ジェーン　ただ、明らかにむちゃくちゃワーキャー言われているような人でも、本人が心からそう思えているかどうかはまた別問題だったりするから厄介なんですけどね。

宇多丸　そっか。居場所ってだけじゃダメなのか。難しい。でもこういうやりとりが楽しいんです。正解見つけたと思っても、すぐ「あ、違う」ってひっくり返される。

ジェーン　それこそ、「そもそも〝世界に受け入れてもらっている〟なんていう意識が前提になっている人なんて現実にいるのか？」というところまで考えられるもんね。

アイドルって、明確に「あなたはここにいていいんだよ」という実感を持てずに生きてきた人の方が頑張れるように思います。普通にモテてきてると、アイドルとして大成しない。

宇多丸　なるほど、面白い。全く納得だけど、そうなるといよいよ「乃木坂46ってなんなんだ」っていう問題になってくるよな。今まで俺たちが長年考えてきたようなアイドル的なるものの定義を、シレッと根本からひっくり返しちゃったようなグループだもんね。今スーさんがおっしゃったような「欠落を抱えたような子がなる」ような感じが、ＡＫＢでさえまだ色濃くあったのに、乃木坂となるともう……。

ジェーン　ずば抜けた集団を一個作って、そのなかで競争を作ってるから機能しているのかな。高校の時に思ったのが、私は埼玉の女子校で、結構埼玉では偏差値の高い学校だったんです。ところが一回目の学力テストで周りのみんなが茫然自失してて。なぜかというと、それまでずっと成績一位をとってた子たちが集まってるものだから、そう簡単には一位になれない、それどころか真ん中くらいの成績になってしまう。私の場合は東大を目指すような子がいる国立の中学に通っていたので、逆に高校で「やったー真ん中になれた」って思いましたけど。一位だった子たちが同質の集団に入れられるとこんなに焦るんだなっていう。乃木坂とかもそういう感じなのかもしれない。

宇多丸　ジャニーズに所属している知人も、入った頃は当然俺がセンターでしょ！　くらいに思っていたけど、だんだん全然そうじゃないことがわかってくる、みたいなこと言ってました。

ジェーン　そうそう。どこに囲いを作るかで立ち位置が相対的に変わってくる。——宇多丸さんが自分のルサンチマンを刺激する時にエゴサーチするっていうのもそういうこと？

宇多丸　そうかもね。動機製造機。

ジェーン　ルサンチマン晴れました？

宇多丸　部分的には晴れましたよね。誰からも完全に相手にされないなんていうことはありえない、ということは信じられるようになった、とかね。というか、そもそもたいしてそこんとこは疑ってなかったのかもしれないし……基本、いい子いい子で育てられてきたし。最近になって改めて、親に感謝だなと思いますよ。

ジェーン　ついにライムスターが親に感謝ラップを!?

宇多丸　いやホント、冷静に考えると、平然とラップを始めちゃったとか、食えるようになるまで平然と実家でニート暮らしをしていたとか、それは経済的な余裕以前に、「自分は大丈夫」と基本思えるような精神的ベースを親が作ってくれていたからだよなって、最近特に思う。見えない手で背中を押してくれる人がいないと、一歩を踏み出せないままになってしまいかねないでしょう。

ジェーン　それすごくよくわかります。最後のところで自己肯定できるというのは親からの愛情を存分に受けて育ったから。親の愛情が薄かったとか、親から歪《いびつ》な愛情を注がれたっていう告白がここ何年かあるじゃないですか。でも毒親に対する怒りとか、本当のところ、実感としては私はわからないんですよね。わかったふりしちゃいけない。

宇多丸　それはまあね、逆に向こうもわからないわけだから。他者同士ってことで。

ジェーン　――スーさんは諸々〝回収〟してますか。

私は子供の頃から体が大きかったので、規格外の人間ということを幼稚園の頃からずっと感じてきて。アメリカに留学した時に私よりも大きい人がいるとか、服屋にLサイズがこんなにあるとか、そういう現実を見て「ここでは生きてていいんだーうぉー」みたいな喜びがありました。それは大きな回収だったな。

いまだに「ジェーン・スーでかいな」みたいなのがエゴサーチで出てくるけど、それによって存在が否定されるわけじゃないと信じられるところまで来られたというのはあります。

逆に『貴様女子』（『貴様いつまで女子でいるつもりだ問題』）みたいなものがもう書けない。あれは熱々のコールタールをあんかけにしてぶちまけた感じだった。今は恨みつらみもないし、ぼやきしかないやと。

宇多丸　すごいね。書くことがセラピーになっちゃったね。

ジェーン　焦りや悔しさが前より確実に減っていて、それはすごく幸せなことのはずなのに、それに対する焦りもある。絶対こういう時、一気に抜かれるから。

――抜かれる？

ジェーン　恋愛にたとえるなら、もううちは安泰でしょうって時に別の女が出てきてバーンと別れるとか。

宇多丸　（ラジオの）昼の帯って、安定飛行を求められる仕事でもあるわけじゃん。だから、安定的になってきているというのは順当な進化でもあるんじゃない？

ジェーン　鋭さを失うというほどもともと鋭くもなかったけど、ただ、私やっぱり自分の御《ぎょ》し方がうまいんですよ、サラリーマンやってたから。人を怒らせないとか。別のものにたとえて納得してもらうとか。感情をぶちまけて相手を不快な気持ちにさせるとか、そういう状況を作らないことが比較的上手。でも一方で、それによって私たらしめているものがだんだんわからなくなるんじゃないかって感じもあって。

宇多丸　そんなこと思ってるんだ。

ジェーン　だって昼のラジオをやってると……。

宇多丸　まぁ、なにかしらの最大公約数的なところに着地しないといけない、みたいなのがあるもんね。強烈にとがった個が求められてはいない。

ジェーン　ラジオを一年やったあたりで、あ、今日、口先だけで喋ったぞっていうのがあったりして。自分が鈍化していくぞってはっきり感じた。それでノートに反省書い

宇多丸 たり。たしかに、ここから先は若い頃と違って、どどっとすべてが過ぎ去っていってしまいますからね。ひとつひとつちゃんと見据えていく必要があるかもしれない。俺もやるか、反省ノート……でも俺はちょっと、それを受け止め切れないかもしれないな。

反省と反芻と適応変化

宇多丸 要はさ、以前とは比べものにならないほど仕事の幅が広がって、規模も大きくなってるわけじゃん。そうすると、言ったりやったりしたことの結果というのが、個人で責任がとれる範疇《はんちゅう》をすでにちょっと超えてくるというか……だからもう俺は、自分の仕事はあんまり反芻《はんすう》しないようにしてる。

宇多丸 ——変化としてそうなっていった?

ジェーン 言うまでもなくアウトプットの仕方は引き続きできうる限り気をつけるけど、そして誤りがあれば訂正してお詫びしますけど、それ以上はそんなに考えても意味ないというか、いちいち全部反省とかしてたら、僕はきっと潰れちゃう。

大沢悠里さんからも、やったこと忘れていかなきゃダメダメって言われてそれで

宇多丸　いいんだと思いました。関係あるかわかんないけど、自分のラジオ番組を持たせてもらった当初、「オープニングトークをお願いします」と言われて、そもそもオープニングトークってなに？って悩んじゃって。自分のこと話せばいいんだって言うけど、俺の話なんか面白いか？という思いがどうしても抜けなくて。でも、「どうせウチの番組の売りはオープニングトークじゃないんだし、誰もそこに期待してねぇだろ」と思えるようになったら、いつのまにか楽しく喋れるようになった。

ジェーン　肩の力を抜いてね。

宇多丸　ただまぁ、もうちょっと違う考え方が必要な段階もいずれ来るかもしれないけどね。俺、毎週の映画評コーナーを始める前まではなんでも完全に手ぶらで話してたんだけど、やっぱそれじゃ不備が目立つ気がしてきて、だんだんと喋る内容を事細かに準備するようになっていったんです。それはまさに適応変化ですよね。

――将来の話。得体の知れない不安とかないですか。

宇多丸　得体はわりとある不安ばかりですね。こんなにフラフラ生きてて、歳とったらどうなっちゃうんだろうって、それはむしろ超実体のある不安としてありますよ。

ジェーン　昔はサラリーマンをやっていたから、勤め続けていればよかったと思うことがなくもない。今はなにかミスったらアウトじゃないですか。あと親が無一文になるという、全く予想もしない出来事が起こったし。どうやって葬式まで出すかっていう。

宇多丸　でもさ、あなたの場合、「お父さんという金脈を見つけた」っていう言い方もできるじゃん。

ジェーン　あの原稿料（『生きるとか死ぬとか父親とか』）は全部ストレートに父のところにいってますから。金脈ではありますけどね。親と言えば、父は今79歳（2017年対談時）なんですけど、電話で話してる時の口の悪さとか元気さとかが、会った時のよぼよぼの歩きと全然違って。これを受け止めていくのは結構キツいですよ。

宇多丸　うちは両親ともに、80超えても今のところまだめっちゃ元気なんですよね。これがまた俺をいつまで経っても子供のままにさせている一因だとも思う（笑）。無論、いずれは色々な現実に向き合わなければならなくなるであろうというのは同じです。

——文京区・一人っ子・男子校、女子校。子供おらず。お二人は似てますね。

ジェーン　この歳になるとみんなが子供を育てるってことで忙しくなってるのに、あれ？私は？　ちょっとマンネリ化してきたぞって思うこともありますね。

宇多丸　個人的には、別に里親でも養子でもいいじゃんって思いますけどね。なんか日本は法的に色々難しい、というのも聞いたことあるけど。

ジェーン　私も色々調べたんですけど、ガチの養子縁組とかだと、子供が成人した時に65歳以下である夫婦が望ましいらしくて。できれば養育経験もあった方がいいらしいし。44歳で保育士の資格がない未婚女ではかなり難しい。

宇多丸　なんのためのシステムなんだよ！　って言いたくもなりますね。

ジェーン　乳児院の方が、子育て経験のない里親よりいいっていうことでしょうかね。あとどっちかが専業（主婦・主夫）じゃないと難しいとか。

宇多丸　いや〜、それは僕、かなり異論がありますね。人が育つ上で必要なものって、そういうことか？

将来のビジョン、ナッシング！

ジェーン　『ブラスト公論』読んでたら「歳をとったら電力館でただで映画観ればいいじゃん」って士郎さんが言ってて、たしかにこの時はまさか電力館がなくなるなんて思いもよらなかった。原発事故なんて考えてもみなかったけど、予想外のことが今後起きることに対しての心構えってあります？

宇多丸　心構え、つったってねぇ……例えば、北朝鮮からミサイル飛んできたらどうする、とか言ったって、じゃあどうしようがあるっていうのよ（笑）。われわれのような一般の国民は、お先真っ暗だとか言われながらも、なんとかその時その時を生き抜いていくしかないんじゃないですか？

ジェーン　それこそ貯金しかできることないって思ったこともあったけど、ハイパーインフレ起きたらどうするの？って問われ、たしかにと。今できる最善をやって、かつ臨機応変にやるしかない。

——将来のビジョンは？

ジェーン　私は正直ないんです。やりたいことだけでここまで来たわけじゃないから、信用できる人から「やってみたら」と言われたら、また違うことをやっちゃうかもしれないし。

宇多丸　俺もね、ナッシング！

ジェーン　ここまでラッパー続けてると思ってました？

宇多丸　思ってないね。そういうことを考え出すと、一歩も前に進めなくなる。だから基本は、ナッシング！　先のことなんか考えても、わからないもんはわからないんだからさ。それこそ、得体の知れない不安を煽るような脅し方はいくらでもできるだろうけど、そういうのに引っ張られても、たいていは誰かに都合よく利用されるだけだったりするじゃない？　結局は、今この時を必死で生きてゆくしかないんじゃないのと思いますけどね、どっちにしろ。

ジェーン　よかった。よく聞かれるんです。今後の夢とかほんとになにもないから。

宇多丸　リスクを避けようとして採った選択が、致命的に裏目に出てしまう、みたいなことだって全然ありうるわけだからさ。なにが正解かなんてわからないし、そもそも生き方に正解なんてものはないですよ。

ジェーン　海外、アメリカに住みたいみたいなのはぼんやりあって。まだ好きなんですよ、アメリカ文化が。それにマンハッタンに「上京」したい。お前は恵まれてていいよな、どうせ東京だろってずっと言われてきたから。「くそうお前ら全員敵だ」みたいなのをやってみたい。

——宇多丸さんは「上京プレイ」願望は？

宇多丸　わかる気もするけど、プレイにしてもやっぱり僕はちょっとキツいな。そう考えると、みんなそこをなんとか乗り越えてきてるんだもんな……大学の頃とか、自分としては周りの人たちをフラットに捉えてるつもりだったけど、現実はそうじゃなかったという。

ジェーン 二十年前と一番変わったところはなにかっていうと、フラットに見えてた世界が全然フラットじゃなかったってわかったことかもしれない。昔は視野が狭かった。

宇多丸 「東京生まれ東京育ちだからあなたはハングリー精神が希薄だ」みたいなことも人からはよく指摘されますけどね。うるせぇよ！ っていう（笑）。でも本来さ、インターネット時代の建前上、住んでる場所なんてあんまり関係なくなるはずだったんだけどね。ラジオパーソナリティなんか、地球上のどこにいてもできるはずでしょ。

ジェーン オープニングトークでお天気の話ができないけど。

宇多丸 その程度の情報はネットを見てください！ ってことで（笑）。

（聞き手　古川耕）

酒井順子

1966年東京生まれ。エッセイスト。高校在学中に雑誌「オリーブ」に執筆。立教大学卒業後、広告会社勤務を経て執筆専業となる。著書に『負け犬の遠吠え』(婦人公論文芸賞、講談社エッセイ賞受賞)、『家族終了』『ガラスの50代』『処女の道程』などがある。

武道館の聖子ちゃんと永ちゃん

ジェーン　数年前の春頃かな、苗場プリンスに泊まった時、酒井さんの『ユーミンの罪』を持参して読みました。これを読むなら苗場でかな、と。でも行ってみたら、苗場はもはやユーミンじゃなくてFUJI ROCKの象徴だったんです。しゅんとなりましたよ。

酒　井　苗場プリンス、シーズンオフは営業もしてなくて、結構悲しいですよね。私は懐メロは毎年聖子ちゃんに。泣けるんですよね。洋楽の懐メロもライブも好きで、この間はデュラン・デュランに行ってきて。前座がシックですごい盛り上がりました。ナイル・ロジャースが来たんですよ。

ジェーン　贅沢！　私も死ぬまでに一度は聖子ちゃんのコンサートを観てみたいです。武道館が建て直しされる前にぜひ。矢沢永吉もぜひ。

酒　井　永ちゃんですか。それすごい意外です。

ジェーン　毎年誘ってくれる人がいるので、もう十年くらい年末の武道館で、タオル投げてます。

酒　井　どの曲の時に投げるんでしたかね。

酒井　「トラベリン・バス」と、「止まらない Ha ～ Ha」。永ちゃんは若さを保っているけれど、ファンが高齢化しているので、もはや客席の方が元気がない感じ……。

ジェーン　私も三年前かな、ジャネット・ジャクソンのライブに行きました。さいたまスーパーアリーナ。ジャネットはヒット曲メドレーだけで一時間も持たせてしまうんですよ。楽しくって、いい温泉芸を見たなって。

酒井　その辺は聖子ちゃんもわきまえていて、後半はたっぷりヒット曲メドレーをやってくれるんですけど、去年は直前に腰を痛めたらしく、立てなかったんです。バラードは座ったままでもいいけど、ヒットメドレーを歌う際、台車に乗せられて出てきて。真っ白の衣装のバック・ダンサーが台車を押すものだから、介護にしか見えなかった。

ジェーン　老人ホームミュージカルみたいな感じ？　つらいけど、それが現実なんですかね。聖子ちゃんと車椅子が線でつながる日が来るとは思いませんでした。

酒井　外面は若くても、骨とか内臓とか、内部の老化は止められない。

結婚推進派なのに、結婚してない問題

ジェーン　これまで酒井さんとは何度か対談をさせていただいてまして、でもなんだか話し

切れてないというか。それでお声をかけさせていただきました。こんな言い方をするのも変ですが、酒井さんと私は全然違うタイプ。でも酒井さんのお話を読んだり聞いたりしていると、箇所箇所で「そうそう」と共感するところがあるんです。

酒井　まず印象に残っているのが、酒井さんは必ず、「結婚できるならしといた方がいいですよ」とおっしゃる。

ジェーン　結婚推進派です。

酒井　そうです。それでも自分はなんで（結婚を）してないか問題ですね。

ジェーン　私はあんなにしたかった時期があるのに、今できない自分にがっかりしてます。

酒井　結婚したくてしたくてっていう時期があった？

ジェーン　ありました。30代半ばくらい。この人と結婚したいとかじゃなくて、結婚してない私は不完全だという、そんな思いに囚われていた頃。

酒井　30代半ばはそういうのが強いかもしれない。

ジェーン　最後に一発逆転してやろうとか、子供を産むならこの辺とか、できていない私は欠陥人間だ、とか錯綜してましたね。酒井さんはそういう時期はなかったですか？

酒　井　30代半ばはそうでした。その不安定さで『負け犬の遠吠え』を書いた気がします。

ジェーン　文章からは不安定さは全く見えませんでした。

酒　井　文章にすることで満足して安定したのでしょう。

でも、今だったら、一緒に住んでる内縁おじさんと籍を入れちゃうという選択肢はないんですか。

ジェーン　アリです。誰もそれに反対はしてないんです。でも、なんで、私はそっちに振り切れないのか。

酒　井　なにか嫌なんですかね。

ジェーン　自分でもわからないんです。

酒　井　私も同じ状況で、内縁おじさんがいて、でも私の場合は親兄弟が誰もいないので色々面倒くさいことがある。

ジェーン　なにごとも「面倒くさい」には勝てないですよね。

酒　井　籍を今入れることのメリットがあまりない。

ジェーン　メリットの話をすると嫌な顔されません？

酒　井　相手にですか？

ジェーン　相手もそうだし、周りの人も、結婚をしてない人はそうでもないけど、結婚している人は、え、そんな。メリットとか考えるのって。人の心はとても移ろいやすいじゃないですか。だから約束をしたところで、正直関係ないと思っているところがあって。そうすると別に入れても入れなくてもいいじゃんって思えてしまうんです。

酒井　私は〝結婚はできるならした方がいい主義〟であるわけですが、結婚しないにしても、〝お相手はいた方がいい主義〟なんです。今は、結婚至上主義の日本において、このまま籍を入れずに同じ男とずっと暮らして老いて病気になったらどうなるか、という実験をしている感覚ですね。そういうことをする人がいてもいいかな、と。それもいつか書く材料になるかもしれない。

制度はゆるくした方が、人々は番《つが》いますよね。籍を入れるかゼロか、婚外子はダメ、みたいな雰囲気だから少子化も進む。結婚制度の外側のもやっとしたところで漂うカップルがいてもいいし、気軽に同棲して子供を産めたら若い人も楽になるだろうなと思います。

主張やイデオロギーがない世代

ジェーン　ＳＮＳの時代と言われて久しいですが、私はまだインスタグラムにハマれなくて。

家でちょっと大きめのデバイスで画面をスクロールして見てると酔ってきて、ダメだこりゃって。フェイスブックもほとんどアップしてないし。ツイッターもジェーン・スーのアカウントでは当たり障りのないことをつぶやくくらい。そこで「私はこう思ってます」と主義主張を言うつもりはあまりない。

酒井　私も、なにもアップできないです。

ジェーン　一切やってらっしゃらないですよね？　あったらフォローしたいですけど。そういう人に限ってやってないんですよね。

酒井　怖いんです。

ジェーン　なにが怖いですか？

酒井　わーわー言われたり炎上したりするのが。

ジェーン　わかります。自分にはいろんな属性というか、タグがついてるじゃないですか。女性とか未婚とか子無し人生とか。あと活字の業界にいるとか。それぞれがだいたい矢面感があって、活字は今後どうなるとか、子無しの人生はどうとか、意見を求められることも多いと思うんですが、私はそういう時に確固とした自分の意見がなくて。

酒井　ありそうなのに。

ジェーン　ないんですよ。責任持って「こっち来い」と言えることがない。それに対してこれでいいのかなと思うことがあります。

酒井　私も意見がない。あと怒らない。国会前でデモをしていたSEALDsを見て、この感覚はわれわれに全然ないなと。上を見れば全共闘世代が怒っていたけど、そういう怒りの牙をわれわれ世代は最初から抜かれている。上の世代についていくか、下の世代にすごいねと言うか、それでやり過ごす感覚があります。

ジェーン　もっと怒った方がいいとよく言われますが、私はあれがどうもダメで。たぶん私みたいにパッと見、そんなになめられない人じゃなくて、結構なめられがちな人にもっと怒っていいんだよって話だと思うんですよ。お前はこれ以上怒ったら怖いからって話だと思うんですけど。今のムードと自分のズレを感じます。

酒井　その辺は、私は〝男尊女子〟だからという感覚かな。怒ったらモテないんじゃないかとか、そういう怖れがいまだにあります。でもだからといって怒りを我慢してるのかといったら、そうでもない。怒りがそもそもない。

書いているものも、観察であったり、揶揄であったりはするけど、〝こうすべき〟とか、なにかのイデオロギーとかでは全然ない。「こっちが絶対いい」と言い切れないんです。

ジェーン　自分が書いた原稿に「べき」という言葉を使っていたら、別の言葉に替えられないかとなるべく考えます。

酒　井　「絶対いい」とは言えないですよね。

ジェーン　『負け犬の遠吠え』を読んだ時にまさにそう思いました。負け犬の遠吠えと言いながら、負け犬感が全然ない。淡々と描かれていて、今になってみれば、それが酒井さんの矜持だとわかるのですが、「こっち来い」と旗を振ってる酒井さんがいるかと思って行ってみたら、いない。肩すかしを喰らった感じはありました（笑）。

酒　井　「私について来い」って言えるような人だったら、とっくに結婚しているか、立派なフェミニストになっていたか。われわれの口癖は「ねー」ですよ。相手が何か言うと「ねー」という同意からまず入って、言いたいことがある時は「てゆーか」。

ジェーン　言い換えてるようで否定（笑）。

酒　井　「かもしれないよね」とか。

ジェーン　私たちより下の世代は、怒ることを躊躇《ためら》わない、主張することを躊躇わない、みたいなパワーがあります。

酒井　ジェーンさんは氷河期世代ですけど、怒りはなかった？　この就職難は誰かが悪いんじゃないかみたいな？

ジェーン　なかったですね。システムに怒るということを、形式として知らなかったんだと思います。今の若い世代は比較的早い時期にネットとかやって、実はシステムが悪いと気づくけれど、私の世代は就職できている人もいたし、できないのは自分の力が足りてないせいだと思う人が多かったんじゃないでしょうか。

酒井　われわれがこうなってしまったのはバブルのせいです（笑）。

ジェーン　バブルの人たちが目の上のたんこぶで憎たらしかった時期もあります。でも今となると、ちょっと先に走っている人たちが楽しそうなのは喜びでしかない。真っ暗な道の先にバブルの人たちがまだ松明を持って走っている。あの人たちが元気で松明が消えていないなら、私たちもまだ行ける、というか。支えになってます。

酒井　そう聞いてほっとしましたが、ちょっと団塊の世代っぽい存在感でもありますね。いつまでも踊り続けるわれわれ、痛々しいような気も……。

ジェーン　加齢が怖くなる35歳くらいからは、確実に、自分より上の人たちが楽しそうにやっているのは支え以外の何物でもなくなりました。

家族との折り合いの付け方

ジェーン　家族の話を少しできたらと思います。私は母を早くに亡くしてますが、酒井さんはご両親を。

酒井　わりと短い間に家族を続いて亡くしました。誰もいなくなったので、今は介護についてもなにも考えなくていい状態です。兄が去年他界して、未成年の姪の後見人的な立場にいきなりなりましたが。

ジェーン　姪っ子さんのお母様は？

酒井　専業主婦です。だから私はお父さん。

ジェーン　と言うと？

酒井　できる範囲で足長おじさんっぽく頑張りたいです。自分も50代だし、無理してしまって私が死ぬっていうのも迷惑だろうから。

ジェーン　人生には思いがけないことが色々起きますね。

酒井　兄に看取ってもらうつもりだったのが、目論見が外れました。兄の死によって、自分が生まれ育った家族が終了した、という感じですね。こういうこともあるので、私は「お相手」はいた方がいいのでは、と思うわけです。

ジェーン　そういう出来事と比べると、人生の前半の「まさかあんな人を好きになるなんて」「まさかあの人と別れるなんて」なんて寝言のようなものですね。

酒　井　変な話ですが、「死」に慣れたというか、人は簡単に死んでしまうという感覚が自分のなかにあります。だから自分の死のことも、すごく考えるようになった。

ジェーン　昔、オリーブで母娘を特集した号があったんですよ。

酒　井　ありましたね。森瑤子さんの親子が表紙でした。

ジェーン　はい。その時、酒井さんはお母様と出られていて。「私がマニキュアをしているからうちではお米を泡立て器で研いでいるのだけど、それを娘が外でやったものだから恥をかかせてしまったのよ」というような酒井さんのお母様のコメントを覚えてます。わがオリーブ記憶。うちの母とは全然違うと思って。爪を塗るとかきれいにするとか、爪がはがれないようにお米を研ぐとか、私の母にはないことだった。

酒　井　母親もバブルっぽかったんです。

ジェーン　家族観は子供の頃はどういう感じでした？

酒　井　あまり仲のいい家族ではなかったので、なんでしょう、京塚昌子に憧れていましたね。肝っ玉母さんでどーんといつも家にいる、みたいな。

酒井　お母様と仲が悪かったわけではない？

ジェーン　バトルとかがあったわけではないです。ただ今の子みたいにママ大好き、親友です、みたいな感じはなくて、たまに殺したくなったりしながら生きてました。

酒井　自分の親がいわゆる理想形というか、世に言う「親のあるべき姿」と違うこととの折り合いはどうつけていたのでしょう。私の場合は父親に対して色々思うところがあって。

ジェーン　それも実験のような気分です。この親を思い切り泳がせたらどうなるんだろうって。父親が死ぬ前も死んでからも、母親にはじゃんじゃん好きなことをさせて、お金もあげて、好きなだけ母親を楽しませてあげたいと思っていました。

酒井　それはどうしてですか？

ジェーン　私にできる親孝行はそれくらいしかなかったんですよね。モテる人だったので、ボーイフレンドも常にいて、うちに来てみんなでご飯を食べたりとか。それをとことんまでやらせてあげようって。

酒井　すごい。なんでそこにすっと行けてしまうんだろう。

ジェーン　彼女はマテリアル・ガールだったんですよね。

ジェーン　出た。ガール！

酒井　マテリアルおばさんか。とにかくマテリアルな人だったので、おいしいものを食べさせたり、なにか買ってあげたり、旅行に行ったりすれば、とても無邪気に喜ぶわけです。娘の愛というより、物の方がよっぽど喜ぶから潤沢に与えようと思ったんでしょうね。

マテリアル・ガール vs. マテリアル・ボーイ

ジェーン　私は父に対して懲《こ》らしめてやろうとか、地獄を見ればいいのにとか、そういうことを思ってた時期が明確にあったんですよ。理想の父親というものをやってくれないので。お前なんかいつかドブに落ちろって思ってました。もちろん愛情もあるので、最終的にドブへ突き落としたりはしないにせよ、激しい感情を持ってしまう対象は親でした。私の父もマテリアルおじさんだから、好きなだけやらせてあげることが今の自分にとっては気が楽なことですけど。だけどその心境に至るまでには葛藤があった。酒井さんには葛藤がなさそうなのがすごい。

酒井　いや、お金だけ与えて愛は与えない、みたいな罪悪感は持ってましたね。だから母も孤独感は抱えていたと思います。ご飯を一緒に食べたりはしましたけど、本当に愛情深い娘たちのような優しさは、私にはなかった。

ジェーン　その違いはなんでしょう、だって一緒にご飯食べて、お金も渡していたら十分なような気もします。

酒井　金品は優しさの代替物にはならないですよね。子育てでもそうだけど。

ジェーン　介護はされたんですか？

酒井　してないんですよ。ほぼ突然死で。そういう罪悪感もちょっと。

ジェーン　反抗期とか親子の関係を感じるような瞬間は？

酒井　いい話をひとつ思い出しました。仕事で、東京国際フォーラムで「第九」を歌ったことがあるんです。母が友達と見にきてくれて、あとでメールをくれたんですけど、「上の方に立っていたから、落ちないか心配したわ」って。たしかに私はひな壇の上の方で歌っていたのですが、その時の「心配した」という一言が、異常に嬉しかったんですよ。私のことも心配してくれるんだ！　って。

ジェーン　親だからこその心配ですね。ほろり。マテリアル・ガールとはいえ、母として娘への愛情があった。

酒井　互いにマテリアルな関係ですけど（笑）。私はなんでも自分で決めて生きてきて、ほとんど親に心配をかけなかったのですが、その時に「心配されたかったたん

ジェーン　だ！」とわかった。
私が子供の頃、マテリアル・ボーイの父は週末に顔を合わせるたびに私に向かって「なんか欲しいもんないか？　お金いるか」って言ってました。「いらない」って答えると「お前はつまらん」と。でも運動会に最初から最後までいてくれたり卒業式に来てくれたり、そういうのは一切ない。それが確実に、あるタイミングまで恨みになってました。なぜそういうことをしてくれないのかって。

酒井　私と母は同性だから理解できた部分もありましたね。自分も女だから、母が男を作ろうと買い物をしようとその楽しさはわかるので、じゃんじゃんやれって思いましたけど、兄は別の感情を覚えていたよう。逆に、父親が女をじゃんじゃん作って金品を与えていたら、嫌かもしれない。

ジェーン　たしかに、その違いはあるかもしれないです。

酒井　初めて母親に男がいるっていうのがわかったのは中二の時でした。

ジェーン　ザ・多感じゃないですか。

酒井　でも、「そういうこともあるだろう」という感覚で受け止めていました。自衛手段でもあったかもしれませんが。

ジェーン　そういうこともあるって着地するまでが早いですよね。感情の波を立てるのは得

酒井　意ではないですか？
号泣するとかではなく、自分を上の方から見て「あれ、それほどショックを受けてない」みたいな。

極悪人に石を投げない主義

ジェーン　当時のオリーブってファッションページにさえも「エスプリの利いた子になりなさい」みたいな淀川美代子編集長っぽい言葉が鏤《ちりば》められていましたけど、その頃から酒井さんはすごく大人だったってことですね。

酒井　大人というかおばあさんっぽかった。感情がきゃあきゃあしてない感じ。今もっておばあさんですけど。

ジェーン　たしかにマーガレット酒井さんの時からキャッキャウフフしてる感じはまるでなかったです。そうそう、当時、酒井さんが女の子四人組の物語を書いてらっしゃったのを覚えています。「SEX AND THE CITY」よりもっとずっと前のことです。四人の女の子がお喋りをしていて、一人が席を外すと、残りの三人がその子の悪口を言う。別の子がいなくなると、その子の悪口を言う。それを酒井さんは肯定的に、まあこんなもんでしょうって書いていた。泡立て器のお母さ

酒井　んの次にそれが印象に残ってます。

「こうすべき」というのがそこにもやっぱりないんですね。どんな悪事も肯定したい気持ちがありました。性善説ではなくて、みんな悪い種子を持っているんだから、認め合おうよ、みたいな感じですかね。

ジェーン　半笑い、半にやけで、半歩距離をとって事象を見るという感じ。

酒井　優しい人ではない。

ジェーン　そうです。いや、ここは私が強調するところではなかった（笑）。

酒井　全然優しくないけど、ただ極悪人に石を投げないという主義でもある。

ジェーン　今のところ太字にしてほしい。間違えた人にも石を投げないんですよね。

酒井　正しい人、優しい人には、悪人に対してすぐ石を投げそうな怖さがありますよね。

それは自分が悪人である分、したくない。

ジェーン　私の家庭も不完全なまま機能していました。不揃いだからって回ってなかったわけじゃなくて、不揃いゆえどこかに強い負荷はかかっていたけど回ってはいたので、どうしてもできない人に向かって石を投げられない。

酒井　そうそう。人間っていいことばかりできるわけじゃないですしね。それでいいじゃないかみたいな。

心地よい女友達との関係

ジェーン　多様性の容認って、他者に対してさしたる意見を持たなくなるって側面もあると思うんですよ。強い感情とか意志ってベクトルが逆に働くことがありますよね。

酒井　〝好き力〟が強い人は〝嫌い力〟も強いので怖いです。

ジェーン　私が酒井さんの考え方に共感するのは、家庭のことも関係するのかなって少し思っていたんです。それでまとめるのは乱暴ですけど。

酒井　自分がなんでこういう性格になったかと考えると、まあ家庭かな。そこに原因を持っていくのが説明がしやすい。そんなに整合性のある説明ができるわけでもないけど。なんでこんなに性格が悪くなったんだろう、親が男を作ったからだ、って着地させるようにしてます（笑）。

ジェーン　性格が悪いって言葉の定義は人によって違いますよね。酒井さんの場合は性善説を丸呑みしないって意味で使ってらっしゃると思うんですけど、一般的には、性格が悪いって意地悪をするとか、そういうことだから。

酒井　意地悪ですけどね。

ジェーン　でも意地悪しないじゃないですか。そこはポルノの鑑賞と合意のないまま実際に触るのくらい違いますよ。あと他者への過剰な期待がなさそうです。

酒井 興味がそうないのかもしれない。

ジェーン 興味の対象が集中してるんですかね。

酒井 範囲が狭いというか。「人が好き。好奇心でいっぱい！」という部分はゼロ。人見知りだし。ジェーンさんは人見知りはしないですか。

ジェーン 人は誰もが人見知りだと思うんです。大人数のパーティーとか、私は全然ダメだし。知らない人とご飯に行くのも好きではない。人見知りは人見知りだと思うんですけど、話は聞きたいし、したい。

酒井 私は人と仲良くなるのに何年もかかる。大人になって、人見知りはだいぶ治りましたが、根本的には「会った瞬間に気が合うと思ったんです！」みたいなことはない。

ジェーン ないないない。それは嘘でしょう。

酒井 芸能人のブログとか見てると、先月会ったばかりの人ともうハワイ行ってる、みたいなことがありますよね。

ジェーン わかります。私はいわゆる芸能人の友達はほとんどいなくて、文筆業でもそうですけど、例えば休みの日に同業者とご飯に行くとかほぼないです。

酒井　私もないんです。古い学生時代の友達とか、会社の同期とか、何十年レベルの友達ばかり。

ジェーン　頃合いのいい女友達がいる、という点も共通項とさせていただいてよいのかなと思います。ハレとケを分けなくてもいい友達。

酒井　異性のパートナーは必死になれば短期間でできる可能性はあるけど、心地よい友人というのは年月を経ないとできない。熟成が必要なものですね。

体で書く感覚

ジェーン　物書きの大先輩である酒井さんにお聞きしたいことがあって。私は『貴様いつまで女子でいるつもりだ問題』を書いたことによって、ピンクも普通に持てるようになったし、モテるモテないみたいなことに惑わされることもあまりなくなった。このまま行くとノー・ルサンチマンで書くことがなくなるのではないかという恐怖があります。

酒井　わかります。私も、今はユーミン聴かない（笑）。お焚き上げが終わったんでしょうね。書いて成就させる。

ジェーン　ネタ化することによって昇華させるタイプでらっしゃるんですね。私もたぶんそ

酒井　うです。

ジェーン　仕事への意欲に波はあって、もうカスカスとか、乾いた雑巾を絞るようだと思うこともあります。でも大丈夫、絞れば絞るほど何かが出てくるから。歳をとれば、腐ってくる部分が出て、そこを絞ると汁が出てくる。

酒井　なるほど。コンスタントに本を出してらっしゃるし、どうやったらずっと書き続けることができるんだろうと思っていました。書いていてつまらなくなったことはありますか？

ジェーン　20代後半に、これでいいのか、ともやもやした時期がありました。このまま中年になっても若者がどうしたみたいなことを書き続けているのかって。その時に別の道を眺めてみようと思って、30代前半から古典を読み始めたのかもしれないですね。

酒井　詰まった時こそ脇のドアが開く感じですか。

ジェーン　書く仕事の一番いいところって、私生活がうまくいってないとか、精神状態がよくない時ほど仕事では乗ってきたりするところです。そうやってぐちゃぐちゃやってるうちに『負け犬』が出た。

ジェーン　『負け犬』のあとに「『負け犬』みたいなのお願いします」というような乱暴なの

酒井　は来なかったですか？

ジェーン　もちろんありましたが、すでに『負け犬』はお焚き上げが終わっていたので、全然違う「枕草子はどうでしょう」と言うと、「じゃあいいです」となる、と。

酒井　趣味がたくさんあるのがいいですね。鉄道の本も出されてますし。

ジェーン　たくさんはないんです。その程度。でも鉄道も狭そうで広いというか。

酒井　そうやって目線を変えて。

ジェーン　狭い窓から広い世界を見ています。

酒井　職人気質でらっしゃるんですね。

ジェーン　それはそうですね。コツコツやるのが好き。

酒井　私はアーティストっぽいのがダメなんです。

ジェーン　私もその気質は全然ないです。

酒井　「降りてきた」って言える人、スゲーみたいな。300万円積まれても「このフレーズが降りてきた」とは言えないです。降りてくるって、自分より高みにある存在から選ばれて落としてもらっているという選民意識がある。私なんて、どっちかっていうとガサ入れみたいなものです。

ジェーン　「考えるな、感じろ」という言い方もありますけど、私は考えて書きたい。考えることができずして感じないだろうって思う。まずは考えられる人になりたい、と。

ジェーン　考えて考えて自分のなかで腑に落ちる。その感じ気持ちいいですね。

酒井　体で書く、という感覚も大切かと。アスリートと同じで、同じ素振りを千回していれば、どんなに不調な時でも、それこそ親が死んでも破産しても書ける。どんな時でも85点はとりたい、と思っております。

ジェーン　身に沁みます。ものすごいヒットがあったけど、そのあと一切書けずというのとは違うってことですね。

酒井　体調が悪くても失恋しても天気が悪くても、一定レベルで書けるようにする。

ジェーン　とても勇気づけられました。というのも、下手したら惰性でも書けるようになってしまったことに悩んでいて。気持ちの盛り上がりとか、これを書きたいって思いではなく、指先だけである程度書けるようになってしまい、それはよろしくないと思ってたんです。

酒井　下駄職人は常に同じ型の下駄を作れと言われれば作らなければならないわけで。アーティストでない者としては、上のレベルはどれだけ行ってもいいけど、最低レベルはキープしないといけない。

ジェーン　失恋下駄職人の作った下駄は鼻緒がぶち切れがち、とかダメですもんね。

こういう人いるよね、いるいる

ジェーン　私は勢いでコラムニストと名乗って始まってしまったのですが、今になってコラムってなんぞや、エッセイってなんぞやという問題にぶち当たっています。

酒井　私も両方使っていた時期もありましたけど、それこそコラムは新聞のイメージで、確固たる意見を持ってないといけない感じがしてエッセイストに落ち着きました。

ジェーン　ノーイデオロギーですものね。

酒井　エッセイってそういう芸じゃないですか。こういう人っているよね、いるいるって。

ジェーン　「スーさん斬ってください」という発注がすごく多いんです。誰のことも啓蒙したくないのに、斬りそうに見えるんでしょうね。マツコ・デラックスさんじゃないのに。

酒井　名前がカタカナだからじゃないですか？

ジェーン　そこか。酒井さんは一番多い発注はなんですか。

酒井　私は年寄り体質のせいか、ひと世代上の人と一緒の仕事が多い。そのなかの最若手みたいな。いつまで経っても最若手。

ジェーン へー面白い。

酒井 昭和文化のラストランナーなんですよね。

ジェーン かわいがられる。

酒井 そういうわけではないけど、名前も漢字で昭和だし。

ジェーン そういう仕事、全然来ないです。私の場合、組み合わせる同世代がほとんどいないから、ひと世代下の人から寮母感覚で呼ばれる感じかな。そうすると、「ついてきます、スーさん」みたいに言われてしまう。

酒井 ジェーンさんと私の間の分断ですね。

子無しの人生に後悔はないか

ジェーン 今のところ、子供を産まなかったことに対する後悔はまるでないんですよ。欲しくて努力したこともないまま、そろそろ終わるぞって感じで。ご著書もありますが、子供の無い人生はいつ頃から意識されましたか？

酒井 40過ぎくらいからですか。

ジェーン 30代はもしかしたらっていうのがありますもんね。もしかしてこのままないので

酒　井　はと思った時に後悔とかありましたか。

ジェーン　後悔はないんですけど、ただ自分が死ぬ時に姪に迷惑をかけるのかと思うと申し訳なく思いますね。かけたくないといくら言っても、どうしても最終的な処理というか、いろんなことを姪がしないといけないので。

酒　井　この間、独身の叔母が80過ぎで死んだんです。お華の先生で好き勝手にやってきた独立心の強い人で、ホームで楽しくやってました。お葬式やらなにやらは姪たちが全部やってくれて、嫌だって感じは全くなかったですよ。

ジェーン　姪御さんは何人かいた？

酒　井　はい。でも代表は一人です。誰か手伝ってほしい時に声をかけたりはするけど、基本は一人の姪です。

ジェーン　うちは一人しかいないから、この子の細腕にすべてがのしかかると思うと、本当に不憫。

酒　井　ご結婚するかもしれないし。

ジェーン　しっかりした人と結婚してほしい（笑）。

酒　井　世間の子の無い人に対する視線も、この十年くらいで急激に変わりましたね。

ジェーン　当たり前というか、よくある話ですからね。

ジェーン 十年くらい前だとなんで作らないのとか、結構不躾《ぶしつけ》に聞く人もいたし。

酒井 結婚式のスピーチで、「早く赤ちゃんの顔を」と言う人もいなくなりましたよね。

ジェーン 子を産まなかったことに対しての後悔とか、恥に思う気持ちは全くないので、この状況で喜ばしいのですけど。

酒井 私は、子がいる人特有の優しさに接すると、劣等感を感じますね。私には「優しくない人コンプレックス」があるので。

ジェーン 親ならではの優しさってどういう感じだろう。

酒井 作りものではない、自然ともわっと湧き出るもの。

ジェーン 犯人の特徴をもう少しください（笑）。

酒井 生き物としての、野性的な、自分のマタから子供が生まれた瞬間にぺろぺろなめる的な。それは自分のなかには確実にない。

ジェーン 不出来とか未熟なものに対して距離をとらないという感じでしょうか。私は最近、週末里親制度に関心があって。二週間おきに施設に行って遊んだり、どこか遊びに連れて行ったりするんですけど。施設って職員も変わるから、施設にいる子供には「あなた2歳の時こうだったのよ」って言う大人がいないそうです。誰かの成長を小さい頃から見守る大人になるという、それをやってみてもいいなと思う。そう思いながら、本当は子供が欲しかったのではないか、と自分に対する疑心暗鬼が生まれたりして。でもどこを探しても、自分が妊娠して子供を産むことに対する興味はない。じゃあなんで私はこんなことをしたいと思うのかと。

酒井　ペットだと充足させられない気持ちなんですか。

ジェーン　それこそ内縁おじさんには「ペットじゃないんだから勘弁してくれ」と言われました。でも人間がいいペットがいいとかいうよりも、家族じゃない人がいいという感じです。血縁ではなくて、完全に自分と別の人格。あと自分自身がなにかの役に立てることがあるならと。

エアー子育てを終えた今

酒井　〝他者のために役に立ちたい欲求〟は、ある歳になると確実に出てきますね。

ジェーン　酒井さんもそうでしたか。

酒井　私も40代で、ラオスに学校を作る活動に協力したりしました。でも、そんな欲求もそのうちしぼんでくるということもわかって。最近同級生の友達と話すと、誰かのために無理してなにかするとか、もうやめようって話になります。一回りして、そこにきた感じ。40代で子供を産んでいない者としては「他者のためになにかしなくては」とムラムラきて、それを充足させたわけですけど、初老の年齢になるとまた自分に戻ってくる。

ジェーン 軽率に人の子を預かっている場合じゃない。

酒　井 もちろん深い愛と責任感を持っている人は継続できると思いますよ。でも、私の40代の「他者のためにならねば」という欲求は、「こんな自分も存在していいのだ」と自分に納得させるために湧いてきたものだった気がします。

ジェーン タイムリープしてきた人がいいことを教えてくれた！

酒　井 われわれはその時期に、エアー出産してエアー子育てをしている。それで今エアー子育ても終わって、「他人のためにならねば」という焦燥感にも一段落ついた。

ジェーン 40代に入って多少余裕が生まれたり、自分のことにばかりかまける生活をしていたりする時に、誰かの役に立てるかもしれないのに、なにもしない居心地悪さが尋常じゃなかった。それにどう対処するかを考えていましたけど、いいことを教わった。

酒　井 エアー子育てが終わって、今は落ち着いてます。

ジェーン どこまでいっても人間は自分自分自分なんですね。

酒井　まずは自分がしっかりしていないと、他人に迷惑をかけてしまうし。

40代あるある50代あるある

酒井　50代はもう少し違うものが見えてくるんですよね。身体的には更年期もあるし、なにしろ私は、紀子さまとか小室圭さんのお母さんと同い歳ですから。子供が結婚して孫ができかねない、つまり墓に入りかねない。

ジェーン　50代あるある教えてほしいです。30代あるあるはいっぱいあって。でも40代からみんなあんまり言わなくなる。なので私はあえて「六時になったら目が閉店」とか「目で見て食べられるのと胃が食べられるのは違う」とか「二軒目に行かなくなる」とか、そういうあるあるを口にしてますけど。あとびっくりしたのは「40代になると楽になるよ、楽しくなるよ」と言ってくれる先輩はたくさんいて、それは間違いではなかったけど、40代は30代より忙しくなるということは誰も言ってくれなかった。これは罠でした。

酒井　50代は、自分では40代とあまり変わらないと思っているのだけれど、周囲の見る目が違ってくる。「中年」と自称するのが面映《おもは》ゆくなり、やたらと健康ネタが好きになって……。

ジェーン　そうなのかもしれません。酒井さんは卓球も続けていますか。まさかコーチをつけてやってるとは知らなかった。
酒井　実は本を読むより、運動の方が好きなもので。
ジェーン　飽きないんですね。
酒井　飽きないです。エアー子育てには飽きたのに。
　これからも、狭い狭い好奇心を、ずっと持ち続けていくのでしょう。
ジェーン　あとは記憶力の退化とか体力がなくなるとか、そういった初老感も今は物珍しい。
酒井　40代との違いはその辺ですか？
ジェーン　あちこち悪くなったところを友人に話し、「ねー」と言い合うのが楽しいです。
酒井　助け合いの気持ちになるんですかね。
ジェーン　ますます友達とは仲良くなりますね。
酒井　うわーいい話。
ジェーン　互いのダメなところとか弱点をこれまで以上に許容し合って励まし合って、リュニオンがさらに進みますよ。
酒井　それ最高。先のことが少しわかると安心します。酒井順子さんという松明です。
ジェーン　われわれにとっては、世代的にいうと、林真理子さんとかがその存在に当たるのかな。松明というより燦々《さんさん》と輝く太陽のような感じですが。上の世代の人たちが強力すぎたので、われわれは地味で意見も持たなくて、先輩たちを風よけにしながら生きてきた。野心を持ち続ける感覚なんて、われわれにはないですし。

ジェーン　そこを下の世代がやってくれてますね。林真理子さんを敬愛しているはあちゅうさんとか。

酒井　今の60代と30代は親和性があるのかもしれませんね。怒りも野心もある。

ジェーン　全共闘世代とSEALDs世代。

酒井　私たちにとって酒井順子さんは、結婚より面白いものがあるというメモを、授業中にこっそり回してくれた存在なんです。回ってきたメモを見なかったことにしてる人もいたけど、私なんかは飛びついた。

ジェーン　結婚・出産は重大な責任が伴うことなので、そんな責任を負わずに生きてきたわれわれを見て、「今に不幸になる」と思っていた上の世代もいるかもしれませんが……。

酒井　そういう人たちが「女の幸せってさ」と結婚出産の醍醐味を説きたくなる気持ちもわからなくもないです。

酒井　しかし子無し族が増え続ける今、一人で生きていても上手に人生を着地させることができるような道を拓くことが、私世代の今後の役割かもしれませんね。

ジェーン おっしゃる通りですね。このタイミングでお話を聞けて本当によかったです。ありがとうございました。

能町みね子

1979年北海道生まれ、茨城育ち。文筆業。自称漫画家。著書に『文字通り激震が走りました』『雑誌の人格2冊目』『中野の森BAND』などがある。5歳当時を描いた私小説『私以外みんな不潔』、ゲイの夫（仮）との二人暮らしを描いた『結婚の奴』も話題に。

「口を開く女」という箱

ジェーン　もともとこの対談は、かつて対談をしたことがあるけれど、設定されたテーマ以外の話をもっとしてみたい方々をお呼びするという企画でやってきました。ところが能町さんとはそもそもちゃんとした対談をしたことがなくて。

能町　そもそもないですよね。

ジェーン　そうなんです。でも連載最終回となった時に、この機会を逃すとまた何年も話せないぞと思って、それでお声がけした次第でした。

能町　たしかに「ジェーン・スーさんと対談しましょう」というお話、これまでなくて。ラジオとテレビの仕事でちょこっとお会いしたくらいですね。

ジェーン　そうなんです。ちょっと前まで、能町さんと私は十把一絡《じっぱひとから》げに「口を開く女」という箱に入れられがちでしたけど、近頃ようやく、それぞれが小さな島として存在するんだとわかってもらえるようになった気がしています。私は40代だし、能町さんは30代なので、世代的にも少し違うんですけどね。

能町　独立国家共同体みたいに、多少は同志みたいに思いつつ、特に連携する気もそれほどないっていう。

ジェーン　そうそう。「仲良しーイエイ」とやらなくても、仲が悪いと思われない、ようやくいい温度のところまで来たなと思って、今だ!! と思いました。それにしても、能町さんとの対談依頼がこれまでどこからもなかったのは、この二人だと話が盛り上がらなそうに見えたんですかね。

能町　共通の話題があまりなさそう、ってことか。

ジェーン　そうなんでしょうね。能町さんにとっての鉄道や味のある喫茶店や東北が、私にはひとつもないんですよ。ひとつのことに熱く興味を持てないことへのコンプレックスが、いまだにあります。

能町　そうなんですか？

ジェーン　好きなものに傾けられる集中力が著しく乏しいんです。ひとつのものを好きになって、それについて喋るとか知識を増やしていくということを、人生で一度もやったことがない。というか、能力的にできない。

ハングリー精神がない茨城育ち

能町　スーさんは書いてらっしゃるとおり東京生まれ東京育ちですけど、私は微妙で。育ったのはほとんど茨城ですけど、東京が近かったんです。子供の頃から銀座とか渋谷とか行ったことだけは何度もあるから、東京ってどんなところだろうっていう夢想とか、上京していっちょやったるぞという欲とか、一切なくて。たまま東京の大学に入ったから東京に出て、なんとなく居着いた感じで、ハングリー精神がない。かといってガチガチの東京人ではない。こういうタイプだから一番文化に疎く育って、コンプレックスがあるんですよね。洋楽を聴き始めたのが大学以降だったりして。

ジェーン　そうなんですか。全くイメージと違う。

能　町　「サブカルの人」と思われているかもしれないんですけど、基盤がゆるゆる。

ジェーン　書き物をしてラジオに定期的に出て、という女性はそんなにいないんですよね、私が記憶する限りだと。能町さんと私は同じような感じのところにいるな、と。でも能町さんはテレビにも普通に出てらっしゃるので、そこは私とは違う。

能　町　「普通に」でもないですけど(笑)。テレビは開き直って「どうせ誰も知らないだろう」って思って出てます。でもスーさんも出てた時期がありますよね。

ジェーン　大人の事情で深夜のバラエティ番組にちょこっと。それで「継続的にテレビに出るのは、無理」となりました。

能　町　でも、今はもう帯でレギュラーのラジオ番組を持ってますもんね。それってどういう気分ですか？

ジェーン　サラリーマンに戻った感じです。同じ時間に同じところに出社して、同じ仕事をして。

ジェーン　受ける時に抵抗とかなかったですか？

能町　「無理です」とは思いましたけど、それまでいつも背中を押してきてくれたTBSラジオの橋本吉史プロデューサーが「できますよ」と言うので、橋本さんがそう言うなら乗ってみようかと。でも始めて一年半くらいは人の番組に間借りしているような感じでした。

能町　面白がってくれる人がいて、声がかかって、身の丈とは違う仕事が舞い込んでくる、みたいなことがありつつ、居場所がどこなんだって。最終的な居場所。「ここが自分の居場所」っていうの、私もわからないですね。「小説家」だったらはっきりしている気がするんですけど、エッセイストやコラムニストという肩書きだと、自分で名乗ることにも抵抗があるんですよね。

最終的な自分の居場所は？

ジェーン　自称漫画家って初期の頃はおっしゃってたじゃないですか。最近は？

能町　今も言うことありますよ。あれも苦渋の決断というか。漫画家はどんなものを描いてても、なんならあんまり描いてなくても漫画家と名乗ってよさそうな気がして、許容範囲の広さに甘えてます。

ジェーン　漫画を描いたり文章を書いたりというのは子供の頃からですか？

能町　幼稚園の時から童話を書いたり漫画を描いたりはしてました。小学校低学年くらいの時は漫画家になりたいと思ってて。中学で、そこまで絵がうまくないと気づいて、漫画家はナシかな、と。そこから夢ナシです。

ジェーン　こういう仕上がりになると、もちろんまだ仕上がってはないですが、こうなるだろうと思ってました？

能町　全然思ってないですね。スーさんはどこかの時点で夢とかあったりしました？

ジェーン　レコード会社に入るのが、いわゆるもっともらしい就活生の夢でした。社会人になるってことは、つまり企業に入るしか選択肢がないと思ってたので。だったら音楽が好きだからレコード会社だな、と。夢というより、大人になってからの思いつきです。子供の頃の夢なんて全然覚えてないや。

能町　私は会社に勤めたくないというのだけははっきりありましたね。

ジェーン　その理由は？

能町　父親を見てたからかもしれないですね。仲が悪いわけじゃないし、わりと問題ない家庭だと自分では思ってるんですけど、あまりお金がなかったので、東京に勤めるのに茨城に家を買ってるんですよ。当時マイホームブームだから、遠くても一戸建を買うんです。だから朝は早いし夜は遅いし、子供の頃、平日に父と一緒に夕ご飯を食べることがほぼなかった。サラリーマンはつらそうだと漠然と思っていて、どうしたら会社員にならなくて済むか、中学くらいから考えてました。

ジェーン　それはすごいですね。

能町　大学で研究とかやって学問の世界に行けば会社員にならなくて済むなと思ったんですけど、実際大学に入ると、論文を読むのがつらくてつらくて。学問の世界も自分には向いてないと気づき。そこから迷走です。

ジェーン　やりたいこととできることって違うんですよね。

能町さんお酒は？

能町　人並み以下かな。最近減りました。

ジェーン　私は下戸《げこ》。お酒のつまみは好きなんですけど。ははは、なかなか共通項が見つからないですね（笑）。インスタグラムを拝見したら、ミャンマーを旅行されてましたよね。そういう場所に魅かれる人に、私はなりたかったんですよ。秘境とか、

能　町　どこでしたっけ、ブータン？

ジェーン　ラオスに行きましたね。

能　町　私は品がないので、サムイ島とかバリ島とか欧米資本のリゾートばかりです。即物的なんですよ。

ジェーン　品がないってことはないですけど（笑）。私はたしかにリゾートにはあんまり興味ないかな。仕事以外、ほんとに徹底して共通点がないですね。

能　町　能町さんについて最初にハッと思ったのがラジオだったか、インタビューだったかちょっと覚えてないのですが、能町さんと一緒にラジオをやってらっしゃった久保ミツロウさんの言葉でした。久保さんは能町さんの著作物を読んで、「この人は絶対、自分が気落ちしたり自分自身をくさしたりした時に『そんなことないよ』って言わない人だと思った」と。私はそういう時に絶対「そんなことないよ」って言う人なんですよ。

ジェーン　へ――。

能　町　今はだいぶ大人の所作を覚えましたけど、昔は第一声「そんなことないよ」って、相手の気持ちを喉元に押し戻すようなことを言う人で。だから久保さんがそう思う能町さんってすごいな、って思ったことを覚えています。

能　町　でも私、別になにからなにまで久保さんと合うわけでもないですよ。趣味も全然違いますし。でも違うからこそ、面白いかなと思って。

ジェーン　なんでもかんでも一緒だねっていう友情は、もう年齢的にもね……。

同業ならではの悩みをみんなどうしてる？

ジェーン　この仕事を始めてから、同業の友達ってできました？

能　町　あんまりできないです。

ジェーン　私もなんですよ。

能　町　そこ、聞きたかったところです。どうしたらいいんだろうって。別に必要ないっちゃないんだけど。

あ、でも最近、「近所」という新しい鉱脈を見つけたんですよ。ちょっとしたきっかけで近所の飲み屋に入って、そこで会った人たちと仲良くなって。でも、仕事の話はしませんね。

ジェーン　同業ならではの悩みや愚痴をさらす場が欲しいな、とは思います。あれ、どう思う？　と聞けるフラットな相手。サラリーマン時代はいたはずだけど、今はいなくて、意外と孤独。

能町　毎日ラジオ局に行くわけじゃないですか。そこでのつながりとかは？

ジェーン　みんな激しく年下なんですよね。だから注意したいことがあっても、若手にはディレクターやプロデューサーを経由しなきゃとか、気を遣ったりして。

能町　まさに会社員ですね。

ジェーン　周りが会社員ですからね。私もそういう振る舞いをしなければ、と。それでも乱暴だし我が儘だし、私のいない飲み会で悪口言われているかもしれませんが、そこまで含めたギャラだと思ってます。

能町　私、会社員が楽しかった時期がちょっとありますよ。月～金でOLみたいな仕事を二年半くらい続けたことがあって。経理補助とかごく一般的な事務で、指示待ちの仕事なんですけど、どうしたら指示より効率的にできるかということにだんだん面白みを感じてきて。一人の仕事ではこういう充実感はないですね。原稿ができても、メールで送ったら終わりだし。

ジェーン　提出したものに対して「これはないね」って言ってくれる人もほぼほぼいないじゃないですか。

能町　いないですね。

ジェーン　「お原稿」と言われるとオオッて。裸の王様なんだろうなと思います。

能町　謎の不信感が生まれてきますね。

ジェーン　そうですね。あと、自分以外の人が全員自分より忙しく見える。どれくらいが適量かを、仕事の適量を誰からも教わってないから、こんなに疲れるのは自分ができないからなのか、それとも引き受けすぎなのか、線引きも難しくて。

能町　私もまさにこの何日かそう思ってます。最近、締切りに遅れまくってて。「他の人だったらできる量なのに、私だからできないんじゃないか？」とか、すぐネガティブになります。

ジェーン　ただでさえ気持ちの浮き沈みがありますからね。刺激も欲しいし。だから同じような仕事をしている人との健全な関係があるといいなと思うわけです。あとは単純にマネジメントとかお金の話も含めて、こうするといいとか、そういった伝承がないから手探りの時間が長い。

能町　ビジネスとしての情報の交換ができたらいいですね。考えてみたら、保険の話とかはライターの先輩的な人から聞いて、すごく助かりましたもん。

なぜ結婚しないのか

ジェーン　今はお引っ越しされて、サムソン高橋さんと一緒にお住まいですね。平凡社ウェブサイトの「結婚の追求と私的追究」（書籍化にあたり『結婚の奴』に改題）のご連載を面白く読ませていただいてます。

能町　あの連載、きったない話ばかりですよね。すみません（笑）。でもそのあたりの話をスーさんとしてみたかったです。スーさんは未婚のプロを名乗ってますけど、特定のお相手はいるじゃないですか。めっちゃ聞かれていると思いますけど……別にするべきとは思わないですけど、なんで結婚しないんですか？

ジェーン　私もだんだんわからなくなってきたんですよ。非婚イデオロギーがあるわけでもなく、ただ結婚することによってなにが変わるのかわからんなーと言ってたらこの歳になりました。35くらいまではちゃんと結婚しないと人として欠陥商品だという思い込みがあったんですけど、それを超えたら、糸の切れた凧ですよ。メリット・デメリットで考えている時点でダメなんでしょうね。

能町　私はサムソンさんと最初から結婚する気だったんですよ。……なんですけど、聞いてみたら向こうはあまりしたくないらしくて。したくないものを無理強いするつもりもないので、このまま結婚せずにいくんだろうというのが今の感じです。

ジェーン　ルームシェアとは違うんですよね。

能町　違いますね。向こうが主夫という感じです。

ジェーン　うちと一緒です。結婚してないから、主夫とは言え相手は未婚の無職ということになってしまって申し訳なくもある。

能町　「未婚の無職」。その言い方はパンチありますね（笑）。サムソンさんはライターもちょっとやってて、パートもしてるので、専業主夫ではないんですけど。でも私がお金を入れるからと言って、料理、洗濯、掃除、家事のほぼ全部をやってもらってます。

ジェーン　最高ですね。

能町　最高ですよね。付き合ってどのくらいですか？

ジェーン　今年で7年目です。会社で言ったら6期が終わって、7期目です。

能町　最初からそういう感じですか？

ジェーン　40代で「彼氏」と言うとちょっと酸っぱいものがこみ上げてくるので、相手のことを「おじさん」と呼んでるんですけど。「おじさん」が諸事情で休職した時、この人にこのまま家にいてもらった方がよいのでは？　と。先方は私より家事が上手なので、じゃあ家の方をメインで、とお願いすることになりました。このスタイルにしてから、役割や立場が発言を作るということがよくわかりました。女ってこういうことを言いがちだよなって言われていることがあるじゃないですか。ところが役割とか立場が変わってみると、そういうことって性別と全然関係してないということがよくわかる。付き合いが長くなってくると、「おじさん」の方がアラサーOLみたいなことを言い出すわけですよ。「このまま結婚しないような付き合いを大人が続けていいと思うの？」みたいな。

能町　向こうは結婚したいんですね！

ジェーン　そうみたいです。それを私がのらりくらりかわしてしまっている。よくないですね。結婚したくないわけではないのに、リアリティが出てきた途端及び腰になるアラサー男子のようです。

能町　私も同じようなこと、あります。仕事場でダラダラ仕事しちゃって「今日は外でご飯食べるからいいや」ってLINEすると、「食材が腐る〜」って文句言われたり。それって思いっ切り昭和のサラリーマンと主婦のやりとりじゃないですか。

ジェーン　まさか自分がそれを男女逆の立場でやるとは。わかります、わかります。私も「夕方五時以降に『今日は夕飯食べない』って言ってくるのはすごく迷惑」とか、「急に家で食べるって言われても食材の用意がない」と言われます。

能町　「せっかく作ったのに……」とかね。

ジェーン　冗談で「米くらい炊いといてよ」って言ったら怒っちゃって、それから一回もお米を炊いてくれない。デリカシーのない夫の発言にぶち切れる妻、みたいな。「未婚の主夫って、その期間のことが履歴書に書けないんだよ」と言われた時も、責任重大だと思いました。

サラリーマン夫婦の夫側になってみて

ジェーン　サムソンさん、家を改装してますよね？

能町　そう。三階建の家を買ったんですけど、激安だからボロボロで、まずサムソンさんが自力で改装したんですよね。でもお風呂は使えないままだったし、私が住むなら徹底的にフル改装しようってなって、思った以上にお金が跳ね上がりました。

ジェーン　そりゃそうですよ。能町さんすごいって思いましたもん。

能町　金額にちょっと引きました（笑）。だから壁は自力で塗ろうってなったんですけど、その作業が全然進んでなくて人を家に呼べない状況です。

ジェーン　同居されてどのくらい？

能町　二カ月ですね。それまではお付き合いしている感じをシミュレーションしたくて、一年くらい練習みたいに泊まりに行ったり一緒に旅行したり。喧嘩もしないし、違和感もないのでいけそうだなと。

ジェーン 趣味が合う？

能町 多少合いますね。音楽とか映画とか、好きなものはわりと近いです。自分のなかではもう恋愛は無理だって一旦諦めたんですよ。それならズルズル一人暮らしでいるより、誰かと住んだ方が仕事の効率がいいと思ったんですよね。

ジェーン 仕事の効率、わかります。ほんとにおっさんみたいなことを言うんですけど、仕事場と家があった方が絶対スイッチ切り替わりますもんね。

能町 変わります！　一人暮らしの時は、スイッチ替えるために昼間に喫茶店とか行くんですけど、結局集中できなくて。深夜に家で少し集中できたかと思いきや、午前二時くらいから変なロスタイムみたいになって、寝ればいいのに仕事もせずツイッターをずっと見てたり。なんで自分はこうなんだとネガティブな気持ちのループに入り始めて、意味もなく二時間のロスタイムを消費して朝四時に寝る、みたいな感じでした。二人暮らしになってそれがなくなった。

ジェーン 一人暮らしの時は、気づいたらずっと洗ってないパジャマで原稿を書いてた、というようなことがあって。悲しくなりました。同居してからは、朝になると決まった時間に起こされます。だんだんお母さんみたいになってきてますけど。

例えば家事とか、こういうのをやってほしいなっていうリクエストをうまく言えます？

能町　それはまだあんまり言えないですね。

ジェーン　私もダメなんですよね。言えても「もうちょっといいお肉を買ってもらってもいいんだよ」ぐらい。

能町　ああ、向こうが見切り品の果物を買ってきたら腐ってたとか、私もありました。見切り品ばかり選ばなくていいのに、くらいは言ったかな。あとなんでそんなにビニール袋をためるのか、とか問い詰めたい（笑）。

ジェーン　ペットボトルちゃんと潰して捨ててって言われてヒャーってなるとか。肩身が狭い。世のお父さんたちの気持ちが痛いほどわかる。言いたいことを言えないとか、言ったら怒られるな、とかね。

能町　こっちも我慢はしてるんですけどね。たまに言っちゃった時、ごめんねーって素直に謝られても逆に気まずかったり。洗濯物を干す時もうちょっとパンパンしてくれるといいな、とか本当に些細なことで。

ジェーン　それ、私もいつも思います。でもサラリーマン夫婦の夫側を自分がやるようにな

ると は思ってなかった。

ネットで出会うっていい

能　町　私の場合は計画的に「恋愛ナシで同居のみ」ですけど、スーさんの場合は恋愛ですよね。どうやって知り合ったんですか？

ジェーン　SNSです。三十人くらいの巨大オフ会があって、そこで会いました。もともと友達の友達です。

能　町　ネットでの出会いっていいですよね。初期mixi、大好きでした。

ジェーン　最高でしたよね。

能　町　私、すごい初期にmixi始めてるんです。「能町みね子」とも名乗ってない時代です。まだ一万人も会員がいなくて、面白い人ばかりだった。

ジェーン　ある時からおかしくなっていきましたね。そのうちマイミクの更新がどんどん減って、「みんなどこ行ったの？」って聞いたら「ツイッターってところ行っちゃった」って。

能　町　サムソンさんのこともツイッターで知った部分が多いです。最初は出版イベントにお客さんとして来てくれて、その時は挨拶程度。そのあと、年に数回リプライをやりとりするとか、ツイッターだけの関係が五年くらいありました。だから今の感じが不思議です。二年くらい前のツイッターを見ると敬語で喋ってますから。

ジェーン　ネットはそれぞれの生活が見えるから、素の状態で知り合うためのツールとしていい気がしますね。

能町　うまく使えばとてもいいですよね。

私の究極の理想は、今のこの生活をしつつ、「不倫」をするっていうことなんです。向こうはちょいちょいハッテン場に行ってますし、そこが不平等な気がして。私は私でそれに値することをやりたいな、と。なかなかうまく実行できなそうですけど。

ジェーン　それって形として「不倫」になりますかね。まずこの関係に不満が出ないとできなくないですか？　今は比較的満足していらっしゃるように見えます。

能町　たしかに不満はほとんどないんですよね。徒歩で一緒に桜を見に行ったりしてるし。老夫婦みたい。

ジェーン　一緒です。私も行きました。

恋愛筋力みたいなものがどんどん落ちていく人とそうじゃない人がいると思って。私はその筋力がガタ落ちしましたね。

能町　それはたしかに、私もそもそもないです。

ジェーン　過去にお付き合いした人たちも、別にめくるめく関係ではなかったし。だからまあこれでいいのかな。

愛情とお金と結婚

ジェーン　愛情というもので誤魔化されがちなお金の話ですけど、話し合って決めてます？

能町　いえ、一方的です。

ジェーン　一方的にこの金額で、という形ですか？

能町　そうですね。私は今の自分の収入が、昔から考えると信じられないような額なんですよね。といっても世間的には全然大金持ちじゃないけど、貧乏性だから、もらいすぎな気がしちゃう。だからお金を人にあげることにあまり抵抗がないんですよ。ただ貯めていくのも意味がないから、サムソンさんに結構渡してます。

ジェーン　すごい。

能町　といっても、一応二人の生活費という名目だから、実質的にはそうでもないですけどね。貢がれて喜ぶ人じゃなくてよかったと思います。

ジェーン　うちはたびたび春闘がありまして、何度かベースアップしました。生活費でいくら、家事へのギャランティでいくら、とやってきたんですけど、生活費のお金が足りなくなった時に「足りないからちょうだい」って私に言うのが屈辱的だから、システムを変えてくれと言われて。今は生活費と給与を合体した形です。そのなかでやりくりする方が精神衛生上いいみたい。私は私で、老後のお金をどう貯めるかに頭が占領されてる。

能町　それはほとんど考えたことないですね。

ジェーン　スッカラカンになった父の影響があると思います。私には頼れる子供がいないわけで。このまま野垂れ死にする可能性があるから貯金しなきゃ、と。でもおじさんは「籍が一緒になっていない人間の貯めた『二人のお金』なんて、俺にはなんの意味もない」と。ぐうの音も出ません。

能町　だから籍を入れたいのか。経済的な理由なのかな。そうなると、私が結婚したいのも似た理由かもしれませんね。私は自分が先に死ぬんじゃないかと思ってるので、そしたら遺産をなるべく渡したいから。でも、私はサムソンさんが病気になったら見舞いに行くと思うけど、私が重病になった時に彼が見舞いに来るかはちょっと微妙なラインですね（笑）。そこまで心配してくれないかも。心配する義理もないですけどね。

私はせっかく一緒にいてくれたからお金くらい残したい、という気持ちがあるんですよね。

ジェーン　そこが結婚したい一番の理由ですか？

能　町　一番かはわからないですけど。理由ならもうひとつ、「結婚すると面白いかも」というのがありますね。人を食ったような感じというか。「結婚するんかい！」みたいな。「ノリで結婚」をやってみたい。

ジェーン　たしかに恋愛している人同士じゃないと結婚しちゃいけないなんてどこにも書いてないですよね。

能　町　やましくない「偽装結婚」的なことは面白いと思って。まあでも、今後どうなるかな。向こうからは、どうせあんた誰か好きな人できるでしょうなんて言われたりもして、私もそれを全否定はできないし。それはお互いさまで、向こうもいい男ができちゃうかもしれないし。そうなったらその時解消すればいいってことですね。

ジェーン　若くはない年齢にさしかかった時に、将来をどう見ていくかとか今誰とどう過ごすかという話で、意外と生活にメリハリがあった方がいいみたいな、親が言ってたことがわかるようになりました。落ち着いてきたのかな。

能町　一人暮らしに限界があったというのが、私の場合は大きいかもしれません。

ジェーン　一人暮らしは合ってたと思います？

能町　いや、合ってなかったと思います。

ジェーン　飽きたとかではなくて、もともと合ってなかった？

能町　「飽きた」のもあるけど。かなり早い段階で飽きてはいました。

ジェーン　一人暮らし歴は長いですよね？　大学から？

能町　大学からだから二十年近くです。向いてなかったと思います。料理も掃除もしないし、自分で自分を律することができなくて。

ジェーン　料理や掃除に関しては、私も無理していた時代がありました。他の男と付き合ってた時は、甲斐甲斐しいこともしてみたんですよ。でも、あんまりうまくできなかった。私より得意な人にやってもらう方がいい。

能町　そういえば料理人と付き合ったことがあるんですけど、当然のように家での料理を任せまくってたら、だんだん向こうが露骨に冷めて、家ではたまには料理してほしい、みたいになりました。あー私ダメだな、と。

ジェーン　できること、できないこと、やりたいこと、全部違いますよね。組み合わせが大事なんだろうな。私は外で働く方が得意。家のことをやる方が得意な男性もいた。

めぐり会えてよかったです。出会わなければ、単純に「女らしいことができない人」という自己評価になっていたと思う。

能町　欠陥になっちゃうから。

ジェーン　外で働くのが得意だったんですよね、私の場合は。逆に、家のことをやる方が得意な男性もいる。

能町　私にも偏見がありました。男の人は仕事をしたい、上昇したいものだと思ってました。でもサムソンさんみたいに、ちょっとだけ働いてお金貯めて、そのあと三カ月とか半年とかタイでただただダラダラ、みたいなことがなにより幸せという男の人もいるんですよね。

「自分の型」に目を向けると

ジェーン　「身の丈」じゃないけど「身の型」みたいなものってあるじゃないですか。それを知るって大事。

能町　私も昔は世間の型しか見えてなかったのかも。途中から自分の型を作り始めて、作って自分をはめるみたいな、そんな感じですかね。

ジェーン　能町さんとは、こんなに私と型が違う人はいないと思っていたけど、お話しして

能町　意外と型の一部が相似していることに気づきました。

そうそう、能町さんの「週刊文春」が連載をやめるとおっしゃった時（現在、再開してます）に衝撃を受けたんですよ。私だったら、ぐちゃぐちゃ文句を言いながらも絶対にやめられないだろうなって。

カッとしちゃうんですよね、私。でも、最初は勢いもあってやめると言い張ったけど、よくよく考えれば、文春がどんなに納得のいかない記事を書こうが、発信力は強いわけだし、主張する場がなくなったらただ自分が損するだけだと思ったんです。相撲の記事に同じ雑誌内でいちいち反論を書きたくないので、その報道が終わるまでは休むということで妥協点を見いだしました。

ジェーン　たくさんの書き手が「くーっ！　かっこいい」ってなったと思います。

能町　そうですか？

ジェーン　私はうまく飼い慣らされる感じになっちゃう。

能町　褒め合う感じでなんですが、最新刊『生きるとか死ぬとか父親とか』を読ませていただいて。めちゃめちゃよかったです。というか、うちのめされたというか。嫉妬するくらいよかったです。

ジェーン　私も能町さんが「小説幻冬」に連載されていた「おゆうぎの部屋」（『私以外みん

な不潔』と改題し、2018年11月に単行本化)をまとめて読んで、まさに同じ気持ちです。

能町　ほんとですか。あれ、すっごい読みにくいと思うんですよ。

ジェーン　いえいえ、するする読めました。私には書けない文章ばかりで、どうしたらこんな丁寧に描写できるのかと。

能町　私の方こそ、スーさんの描写力は、自分にはできないと思いましたよ。もう友達に勧めましたもん。

ジェーン　あと『うっかり鉄道』も、すごく楽しく読めました。鉄道に興味がないから不安だったけど、えらく面白かった。画が描ける人って強いな、とも思いました。

能町　小学生のオタクみたいなもんですけどね。

ジェーン　私は資本主義の徒花《あだばな》みたいなところがあるから。資本主義の産廃、老廃物、なんでもいいんですけど、いくつになっても青春18きっぷで旅に出られるような人に対していまだに憧れがあって。だからそういうことを楽しめる、うちのおじさんと付き合ってたりするんだろうな。

能町　趣味が合わなくても付き合えますもんね。

ジェーン　私が音楽かけてると、向こうは部屋のドア閉めますもん。私が聴いてる曲、嫌われてる。ネットフリックスで観るものも全然違うし。
能　町　スーさんのラジオとか全然聴いてないですか？
ジェーン　一切聴かない。
能　町　自分の仕事を見られるとどうですか？　私は親しい人に見られるとか、わりとダメなんですけど。
ジェーン　うちは親が見ないし、おじさんも見てるのかもしれないけど、一切言わないから、それは助かってますね。見られるのダメですか？
能　町　ダメです。親にもなるべく言わないです。テレビに出るのは最近ちょっと妥協して伝えたりしますけど、本も読んでほしくないし。恥ずかしすぎますね。
ジェーン　そうなんですか。でも本は渡したら読んでくれる？
能　町　いやあ、どうかな。読んでるのかな。わからないですね。確かめたこともないし。ここ数年は本が出たら送ってと言われてて、少し送るようになったんですけど、感想とかは訊いたことないです。父親が鉄道の本を読んだって言ってきたことはありましたね。あれは読みやすいし、読まれてもわりと平気。
ジェーン　私も「まさか自分が鉄道の本を一冊読めるとは！」と驚きと充実感を得ました。
能　町　私も『貴様女子』を読んだ時は、こう書けばよかったんだと思いました。似たようなことを私も書いていたけど、書き方はこっちの方がよかった、と。

ジェーン　お互いに嫉妬があるんでしょうね。

能町　あると思います。

ジェーン　ただそのなにか、嫉妬は、下手すると批判とか憎悪とかと近くなるんですけど、それほどまでの踏み外しをするほどでもない。敬意を持っています。

能町　視界のどこかにある感じというか。今回お話しして思っていたよりはるかに共通点があることがわかりました。生活面でこんなに被っているとは。

ジェーン　この話を共有できる人はあまりいない。

能町　いないですね。

ジェーン　話すとみんな笑ってくれるんだけど、安い肉を食う身にもなってみろ、と。

能町　腐った葡萄《ぶどう》を食う身になってみろって。

地位が人を作る

ジェーン　人生に大きなゴールがない人がいてもいいと思うんですよね。あえてキャリアの道を諦めて専業主夫になった男性ばかりが注目を浴びがちですけど、もっとずるっこずるっこした人たちがいてもいいような。

能町　「ヒモ」みたいに言われるのは私が嫌なんですよね。その点は否定したい。

ジェーン　2ちゃんにヒモって書かれたっておじさん言ってました。

能町　ヒモはやめてほしいって思います。

ジェーン　ヒモは仕事として家のことをやらないですもんね。

能町　主夫という仕事をしてますからね。

ジェーン　暮らし始めて、さんざんリベラルなことを言いながら、結局は単に昭和のおっさん化したなと思います。

能町　それはそう思います。家事の分担とか全然しないし。

ジェーン　なんやかんや言って、責め立てていたおっさんと私は同じだな、と。

能町　そうそう。自分に関して言うと、よくいる「ダメな夫」と全く同じことをしてますね。ちょっと家事をやろうかと思ってシンクに行ったけど、普段やってないからスポンジがどこにあるかわからない。聞く前に探そうと思っても見つからなくて、スポンジどこ？　って結局聞いちゃって、「いいよ、やるよ」って言われてすぐ引き下がって。

ジェーン　すごいわかる。私も全くそれ。すぐ引き下がる。ゴミ箱がパンパンになった時も、一人暮らしだったらまとめて玄関に持っていくとか、次に外に出る際に持ち出すとかやるのに、今だと「まだいける」ってゴミを詰め込んでる自分に気づいて最悪だなと。

能町　どんどん甘やかされてます。

ジェーン　自分ってこんな人だったっけ？　と思います。性別だけの話ではないんですよね。あんなに血気盛んに上司に歯向かっていた先輩が、昇進して肩書きがついた途端にのらりくらりした人になるのと同じ話で。

能町　地位が人を作る、ってことですかね。

ジェーン　本当に気をつけなきゃ。この話がわかってくれる人が見つかってよかったです。

能町　この生活の報告はお互いこれからできますね。

ジェーン　こういうところで機嫌を損ねられました、とか。

能町　まだ二カ月だから喧嘩らしい喧嘩はないですけど。まあ、どうなるかわからないですしね。

ジェーン　稼ぎ担当の女は意外と孤独です。男の人たちは数が多いから共有されている感じがあるけど。私はリーダーになる気も、先陣を切る気もないので情報が集まってこない。

能町　リーダーにはなりたくないですね。

ジェーン　誰かについていきたいわけではないけど、代表者になるのはもっといや。だから共有できる人がなかなか見つからないのは当然だとは思いますけど。

能町　まあ、しょうがないのかな、と。

ジェーン　そうですね。しょうがないと思いつつ、また報告会やれたら嬉しいです。

文庫版あとがき

単行本を出版してからたった二年とちょっとしか経っていないのに、読み返してみるとさまざまな変化が自分に訪れていたことに気付く。「同じことの繰り返しで、代わり映えのない毎日だなあ」と、日々思っていたのだけれど。

ハマれないとボヤいていたインスタを始めたし、外交的な人見知り（矛盾しているが、そうとしか言いようがない）のまま、新しく親交を深めつつある友達もできた。オタクになれないことがコンプレックスのひとつだったが、予想外に「推し」ができた。誰かを応援することが、こんなにも楽しいなんて。オタクと推し活は厳密には異なる種類ながら、従姉妹くらいの関係値にはあるのではなかろうか。もっと前から始めておけばよかったとも思うけれど、こういうのはタイミングだから仕方がない。いつまで続くかもわからない。

長きにわたり生活を共にしていたパートナーとの関係が終わり、久しぶりにひとり暮らしを始めた。これがまた快適で、しみじみ味わいながら「これでいいのかな」とも思う。父親について書いた本がドラマになったのも大きな変化だ。ドラマと言えば『逃げ恥』だ。平匡さんとみくりさんが現実でも結婚した。あーびっくりした。おめでとうございます。

そして、なにしろコロナ。否応なしに生活が変わった。光浦さんの留学が、ようやく実現するようで嬉しい。

ステイホーム初期は心細さもあったが、肉体的疲労が少ない状態の継続（ここが大事！）を、社会人になってからほぼ初めて体感した。疲れていないと、頑張って自分のお尻を叩かなくても、散歩や家トレに励むことができた。やる気の問題ではなかったことに驚いた。

労働ばかりの毎日をもう少し滋味深いものにしようと思い、仕事量を減らした。それでもまだ多いのだけれど、私は死ぬまで馬車馬のように働き続けるだろうと思っていたから、これまた驚き。減らした分だけ私生活が充実したかと言えばそれほどでもないのだが、ゆっくり自分のために使う時間が増えたのでヨシとします。四十代後半になっても、たった二年とちょっとでこんなにも変わる。決まったことなんて、ひとつもないのかもしれない。

一方、二年とちょっとではそうそう変わらないこともある。女性の社会進出が急激に進んだとは言えないし、平成初期を彷彿とさせるような性差別的発言が政治家の口から飛び出ることもまだある。格差も縮んだとは言えない。選択的夫婦別姓制度は、いつ現実のことになるのだろう。女性の生きづらさについては広く共有されるようになった一方、男性の生きづらさについては、まだまだ人の口に上る機会が少ない。これは女性の生きづらさと背中合わせなので、セットで取り組まないとどうにもならないことなのだけれど。

再確認したこともある。女友達のありがたさ、親子関係のままならなさ、そう簡単には上等になれない自分自身、止まらぬ老け、安全よりオモシロを優先してしまう価値観。それでも、毎日は比較的順調に過ぎていく。相変わらず既定路線からは逸れまくっているが、なんとかなっている。

問題はこの先だ。やりたいことが明確にあるわけでもないのに、やりたくないことだけは年々はっきりしてきた。無駄は減るがセレンディピティからは遠ざかる。それは私が望む生き方ではないように思う。ここでトライ&エラーをやめたらマズイんだろうなという予感もビンビンする。新しいことにはチャレンジしていかなくちゃ。そうしないと、安全だがつまらない既定路線に乗っかることになってしまうから。

変化を恐れないことが大切だと人は言うが、恐れる間もなく勝手に変容していくのが生活の特性のひとつなのかもしれない。変わったところで、たいして「代わり映えはしない」と感じるのが新しい発見。自動的に楽しくなるわけでもない。自分を常に飽きさせないでいるのは、なんと難しいことよ。誰かが私のために神通力で化城を出してくれることなどないのだ。

どうやって自分を飽きさせずに生きていくか。私はまだ模索している。こんなもんかと己を見限ることのないよう、微調整に次ぐ微調整でやってくしかないのだろう。言葉にするとちょっと恐ろしくもあるが、人生は折り返したばかり。いやあ、長いなあ。

「ワクワクする」なんて聞こえのいいことは言いません。中年の人生がキラキラ輝くものだっていう言説は、もはやクリシエ。インスタの顔写真にはフィルターを掛けても、残りの人生にはフィルターを掛けずに生きていかないと。

この作品は二〇一九年三月小社より刊行されたものです。

イラストレーション　牛久保雅美

私《わたし》がオバさんになったよ

ジェーン・スー

光浦靖子《みつうらやすこ》　山内《やまうち》マリコ　中野信子《なかののぶこ》　田中俊之《たなかとしゆき》
海野《うみの》つなみ　宇多丸《うたまる》　酒井順子《さかいじゅんこ》　能町《のうまち》みね子《こ》

令和3年8月5日　初版発行

発行人――石原正康
編集人――高部真人
発行所――株式会社幻冬舎
〒151-0051東京都渋谷区千駄ヶ谷4-9-7
電話　03(5411)6222(営業)
　　　03(5411)6211(編集)
振替00120-8-767643
印刷・製本―株式会社　光邦
装丁者――高橋雅之

幻冬舎文庫

ISBN978-4-344-43113-3　C0195　し-39-2

幻冬舎ホームページアドレス　https://www.gentosha.co.jp/
この本に関するご意見・ご感想をメールでお寄せいただく場合は、
comment@gentosha.co.jpまで。